당신은 눈물마저
찬란한 사람

문장의
위로

일러두기

——

1. 1장부터 4장까지 소제목은 명언으로 대신합니다. 저자가 글을 쓰면서 느꼈던 문장의 조각을 차례에만 남겨둡니다. 글마다 배치해 둔 명언을 저자가 남겨둔 문장과 비교해 가며 함께 읽어보세요.
2. 책과 함께 이런 음악은 어떨까요. 책 문장과 함께 에릭 사티(Erik Satie)의 짐노페디(Gymnopédies)를 들어주세요.
3. 작가 고유의 글맛을 살리기 위해 일부 표기와 맞춤법은 작가 스타일을 따랐습니다.

문장의 위로

오늘을 숨 쉬게 하는 인생 문장부호

서은 지음

지식인하우스

친애하는 당신께
"당신을 위해 기도하겠습니다"

결국 다시 '위로'라는 말을 꺼냅니다.
감히 다시 '위로'라는 말을 꺼냅니다.

제 마음 하나 가누지 못하면서 말이죠.

맞습니다.

생각보다 자주 외로웠습니다.
생각보다 자주 쓰러졌습니다.

마음은 분명 내 안에 있는데,
마음은 분명 내 것이라 하는데,

그 마음 하나 어찌하지 못해
쩔쩔매는 시간이 늘었습니다.

들꽃 핀 길 위에서 누군가의 멜로디가 말을 걸어왔습니다. '야생화처럼 살아가.' 딱히 누군가가 바라봐 주지 않아도, 딱히 누군가 이름을 불러주지 않아도, 피고 다시 지는.

지난 계절 내내 에릭 사티의 짐노페디 피아노 선율 덕분에 살았습니다. 때때로 느리고 천천히, 혹은 단호하고, 아름답게, 가끔은 다정하게 울려 퍼지는 멜로디 덕분에, 마음속 깊숙이 자리한 동굴 하나를 발견했습니다. 그리고 마음 한가운데 뻥 뚫린 동굴의 크기를 가늠할 수 있게 되었습니다. 어느 날은 크게 울렸고, 어느 날은 잔잔했지만, 그 안에 숨어든 나다운 소리를 기어이 확인할 수 있었습니다.

살면 살수록 제가 참 마음에 들지 않습니다. 나를 사랑하기 위해, 늘어놓는 삶의 변명들이 참 치졸하게 느껴지기도 합니다.

세상의 모든 사람에게 사랑받을 수 없다고 했지만, 바꿔 생각해 보면 저 역시 세상의 모든 사람을 사랑하지 않습니다. 생각보다 자주 누군가를 미워했고, 지난 시간의 아픔하나 용서하지 못했습니다. 인생은 짧다고 말하면서도 흘러가는 오늘 하나 제대로 붙잡지 못합니다.

부족한 저라서 죄송합니다. 그런 제가 또 '위로'를 쓰게되어 죄송합니다.

하지만 저는 저를 용서해 주기로 했습니다. 분명 지난시간 속 많은 모습이 부족하고, 부끄러운 부분도 존재하지만, 후회를 포기하기로 했습니다. 그렇게 어제와 화해하는시간이 늘어나자 다시 오늘을 바라보고 내일의 여정을 준비할 힘이 생기더군요.

제 글을 읽는 독자분들도 그러하셨으면 좋겠습니다. 분명 부족한 글이겠지만, 어찌 보면 너무도 뻔한 이야기일수 있겠지만, 저의 문장이 힘든 모든 시간에 단단한 위로를 전할 수 있었으면 좋겠습니다. 비록 자주 곤궁한 자신을 발견하더라도 나 자신과 마음과 삶을 단단하게 완성해가기를 기도하겠습니다.

구스타프 클림트 | 〈Lake Attersee〉, 1900

포기하고, 정리하고,
비워내고, 내려놓는다.

그것 또한 삶의 길.
그것 또한 사람의 숙명.

하지만 분명 그 길 끝에서
행복을 찾게 될 거라 믿는다.

◆ 차례

1장
느리고 천천히, 쉼표

2장
느리고 단호하게. 마침표

3장
느리고 아름답게! 느낌표

4장
느리고 다정하게? 물음표

250 **마치며**

5장
"느리고 나답게"

252 **추천의 글**

1장

느리고 천천히, 쉼표

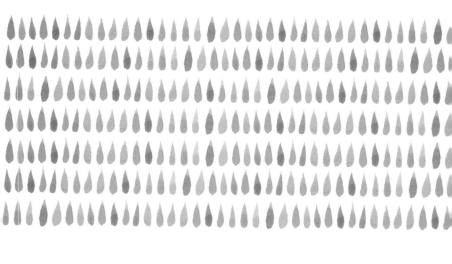

지도 한 장 없이 행복을 꿈꾼다. 그렇게 행복을 꿈꾸게 되는 날은, 자주 길 위에 서서 행복을 찾는다. 한참을 헤매고 헤매다 행복이 아닌, 삶의 쉼표를 발견하곤 했다. 그 후로도 한없이 외롭고 슬픈 마음이 찾아오면 인생의 길 위에 자주 쉼표를 찍는다. 서툰 장문의 문장 위에 쉼표를 찍어서라도 글을 짓고자 하는 처음 마음으로. 기어이 마음속에 행복을 짓겠다는 마음으로.

호아킨 소로야 | ⟨Niña⟩, 1904

우리를 구할 수 있는 건 우리 자신밖에 없다.

부처

✒ *001*

아픈 마음이 들면, 절을 찾았다.
아픈 여름을 보내며, 전등사를 찾았다.

2년 전 여름,
비가 오는 전등사에
위태롭게 흔들리는 마음 조각을 두고 왔더랬다.

가을, 겨울, 다시 봄, 여름, 가을, 겨울, 또다시 봄.
몇 번의 계절을 보내고 다시 전등사를 찾았다.

2년 전 숨겨둔 마음을 찾기 위해서였다.
지난 계절에는 볼 수 없었던 마음이 보였다.

빼곡하게 매달린 수많은 이들의 소원.
이곳에 머물다 간 사람들은 어떤 마음을 두고 갔을까?

지난 계절에는 엄두도 낼 수 없는 마음으로 기도했다.
'여기 두고 간 사람들의 마음에 귀 기울여 주세요.'
'가장 아픈 마음을 들여다봐 주세요.'

이곳에 마음을 두고 간 사람 중에,
몇 년 후 다시 마음을 찾으려 이곳에 선 이가
누군가를 위해 기도해 주었으면 하는 마음을 두고 왔다.

우리의 삶은 우리가 무엇을 부족하다고 생각하는가에 달려 있다.

알프레드 아들러

✒ 002

때는 가을이었고, 익숙한 듯 낯선 풍경을 보게 됐다. '가을 목련이라니?' 새삼 어리둥절하기도 했고, 봄에 피어야 할 목련이 왜 가을에서야 피었을까 싶었다. 계절을 잘못 찾은 목련의 이유를 알 수 없었지만, 목련 나무 아래를 지나는 이들은 하나같이 질문이 많았다.

하지만 늦게라도 피어난 목련에는 목련대로 사연이 있을 터였다. 과학에는 무지한 나는, 그 계절의 목련의 용기가 조금 부럽기도 했다. 늦게라도 피어났으니 말이다.

법구경에 이런 문장이 있다.

"비록 천 글귀를 외우더라도 그 글 뜻이 바르지 못하면,
단 한마디의 말로 마음을 편안히 다스리는 그것이 낫다."

늘 많은 문장 틈에 살지만, 나를 바르게 일으키는 일에는 번번이 실패했다. 빈 마음으로 사는 계절은 늘어났고, 타인의 마음을 이해하는 건 그 어떤 삶의 공식보다 어려웠다. 어려움은 나아지지 않았고, 힘들고, 막막했다. 느지막이 용기 있게 피어난 목련이 말했다. '그렇게라도 피어나라.' 생각보다 자주 외로웠고, 생각보다 자주 아팠던 시간, 그 어떤 문장으로도 표현할 수 없을 정도로 힘들었지만 가끔은 길 위에서 쉼표를 찾기도 한다. 그리고 너무 애절해서 아팠던 시간이 찾아줬던 쉼표의 마음을 조심스레 적을 수 있게 됐다.

오늘을 알면 감사를 배우고,
감사를 알면 용서를 배우고,
용서를 알면 사람을 배운다.

시간은 차갑게 식혀주고, 명확하게 보여준다. 변하지 않은 채 몇 시간이고 지속되는 마음의 상태는 없다.

마크 트웨인

003

너무 억울하고, 너무 아파서 울 수도 없는 날이 많았다. '착한 사람 콤플렉스' 때문에 생긴 스트레스 때문이었을까? 지난 세월의 후회를 다시는 반복하고 싶지 않아 열심히 살았던 시간의 역풍이었을까? 5년 전, 몸에서 20cm 정도의 혹을 제거했다. 많은 것을 포기해야 했던 수술이었다. 한 인간으로서, 한 여자로서, '엄마'라는 이름을 포기해야 했던 수술이었다.

글을 쓰면서 늘 고민하게 된다. 지극히 개인적인 이야기를 어디까지 써야 하는 걸까? 5년 전 이야기가 늘 그랬다. 자주 글의 소재로 쓰긴 했지만, 명확하게 쓸 수 없었다. 명확해지면 신파였고, 두루뭉술해지면 별것 아닌 일이 되어 버렸다. 그럼에도 몇 해 전 그 이야기는 내 삶을 반으로 갈랐다. 수술 전과 수술 후의 나는 완전히 다른 사람이었다.

하지만 이제는 잊힌 감정들. 시간이란 녀석은 참 대단하다. 아무것도 할 수도, 숨을 쉴 수도 없었던 칠흑 같은 어둠 속에서 기어이 나를 데리고 나왔다. 운이라고 말하기는 그렇지만, 나를 치료해 주신 의사 선생님 말씀처럼 나는 '운이 좋은 케이스의 환자'였다.

받아들여야 하는 것은 대부분 아프고 잔인하지만 그만큼 인정해야 하는 것들이었다. 아마 그때부터였던 것 같다. 받아들여야 하는 것이 생기면 망설이지 않고, 미루지 않고 인정해 버렸다. 어차피 받아들여야 함을 알기에 그것이 나를 위한 선택이라 생각하기로 했다.

그리고 잠시 자리에서 일어나 산책을 나갔다. 지금 내가 살고 있는 계절이 어떤 계절인지, 하늘색은 어떤 날인지,

나무의 이름을 알려줄 꽃은 피었는지, 매 끼니에 진심인 나의 허기를 달래줄 새로운 식당은 오픈했는지, 산책 나온 강아지들의 이름은 무엇인지, 길 위의 무엇 하나 놓치지 않고 찬찬히 관찰하며 마음에 담으려 노력하게 됐다.

그렇게 마음에 새로운 공간을 만들어 내일에 대한 불안과 두려움을 줄여 나갔다. 인생은 차갑기도 하지만 따뜻한 시간이라 믿으며. 오늘 위로 문장의 위로를 적는다.

사랑 앞에서 포기하지 말자.
희망 앞에서 절망하지 말자.
오늘 앞에서 망설이지 말자.

그러므로 남이 너희에게 해주기를 바라는 그대로 너희도 남에게 해주어라.

마태7,12

✎ *004*

삶이 늘어갈수록 점점 사람이 어렵다. 누구를 믿어야 할지, 누구를 경계해야 할지 항상 고민이 됐다. 문득 정확하게 헤아려 보고 싶은 마음이 들어, 잠시라도 인연을 맺은 사람의 수를 추산해 본다. 가장 먼저 떠오르는 절친한 친구의 이름부터 최악의 이름으로 기억되는 '△△△'까지. 어림잡아도 세상에서 가장 작은 나라, 바티칸 시국(인구 800여 명) 인구보다는 많은 사람과 관계를 맺은 것 같다. 이상한 위로법이었지만, 지나간 인연과 지금의 나를 생각하니 묘한 안도감이 몰려왔다. 쉽게 말해 아무리 훌륭한 지도자라도, 신념이 강한 종교 지도자라 할지라도 모든 사람에게 100퍼센트의 사랑과 존경을 받기는 힘들다는 관점에서 말이다.

　몇 명을 만났고, 몇 명과 친구가 됐으며, 인연을 맺었는지는 그리 중요한 것이 아니다. 사람의 성격과 일의 특성에 따라 그 수는 천차만별로 달라질 수 있다. 정말 중요한 것은, 인연의 농도일 것이다. 하지만 아이러니하게도 인연의 농도가 짙어지면 짙어질수록 포기해야 하는 것도 늘었다. 그 후로도 오랫동안 포기와 상처, 상실과 공허, 비움과 채움이 도돌이표처럼 반복됐다. 결국 "경험"이라는 변명을 앞세워 언젠가부터 불필요하게 사람과 인연을 맺지 않는다. 그리고 어렵게 맞닿은 관계 안에서 자주 뒤를 돌아 "관계의 황금률"을 맞추는 날이 늘었다. 팔레트 위에 물감이 굳지 않기를 바라는 화가처럼.

　로마 제국의 16대 황제이자 철학가인 마르쿠스 아우렐리우스는 《명상록》을 통해 이렇게 말했다.

"상실은 변화일 뿐이고, 그 이상의 것이 아니다."

  오늘 나 역시 많은 상실 속에 살고 있다. 아무런 기대도
없이, 그 누구에게도 기대지 않고 살고자 했지만, 기대하
고 기대면서 오늘을 살았다. 그러면서 간혹은 좌절하고,
어쩌다가 누군가를 저주하면서 말이다. 삶이 깊어질수록
알게 된 것은, 인생은 희극이 아닌 비극에 가깝다는 것. 누
구나 희극을 꿈꾸지만 결국 삶은 비극으로 끝난다는 것.
어른이 되는 것이 서글퍼지는 어느 날에는, "멀리서 보면
희극 같았던 일들이, 가까이하면 비극이 되곤 했다"를 입
버릇처럼 중얼거렸다.

  하지만, 그럼에도 불구하고, 나는,
  삶이, 사람이, 사랑이 아무리 비극이라도,
  희극을 이야기하고 싶다.

  삶이 서글프고, 비참하고, 좌절할 일투성이래도,
  나만의 반짝이는 희망 요새를 만들어
  끊임없이 행복을 이야기하고 싶다.

지나간 슬픔에 새로운 눈물을 낭비하지 마라.

에우리피데스

✍ *005*

누군가는 추억이라 했고,
누군가는 악몽이라 했다.

추억이면 추억이고,
악몽이면 악몽일 뿐.

애써 악몽을 추억으로 기억할 필요는 없다.
애써 추억을 악몽으로 기억할 이유도 없다.

추억과 악몽 사이에서 헤매고 있다면,
진실은 곧 '시간'이 알려준다.

클로드 모네 | 〈Impression, Sunrise〉, 1872

당신이 할 수 있다고 생각하든, 할 수 없다고 생각하든, 당신이 옳다.

헨리 포드

*006

"미안한데 안 미안해."

알게 모르게 우유부단했던 내가 힘들게 내뱉은 말이었다. 맞는 말이었다. 타인의 주장으로는, 내가 미안해야 하는 상황이어야 한다는데, 정말 하나도 미안하지 않았다.

살면서 빌런(villain)을 만나게 되는 경우는 많았다. 잘못은 자기가 했으면서도, 당당하게 사과를 요구하고 권리를 침해당했다며 되레 무례했던 빌런들.

예전 같으면 지나갔을지도 모르겠다. 그 무례함이 무서워서가 아니라, 그 무례함이 무시되었기 때문이었다. 하지만 어느 날부터는 그런 무례함을 더 이상 참고 싶지 않았다. 풀리지 않은 문장 사이에 쉼표를 찍어 문장을 완성하듯이, 심호흡을 크게 하고 말해보기로 했다.

"미안한데 안 미안해. 하나도."

더 이상 인생 속 무례한 빌런들에게 불필요한 사과를 하지 않기로 했다. 풀리지 않는 문장은 결국 미완으로 남겨야 함을 이제는 안다. 사람도 그러하다. 아이러니하게도 풀리지 않는 미완의 문장이 늘어나면 늘어날수록 마음에 드는 문장도 조금씩 늘어갔다. 삶도 비슷했다. 사람들 틈에서 살다 보면, 빌런은 늘 존재했지만, 그 숫자가 늘어나는 만큼 친구도 늘어갔다. 새롭게 시작되는 수많은 관계 속에서 언제나처럼 겁을 내는 내게 조용히 용기를 준다. 그리고 조금은 오만한 다짐을 주문한다.

더 많이 상처를 받았다는 건,
아마도 더 좋은 사람이기 때문일 거야.

그러니 억지로 미안한 마음을 만들어,
미안하지도 않은 사람에게
귀한 감정을 낭비하지 말자.

희망은 어떤 상황에서든 필요하다.

사무엘 존슨

🖋 007

멍하니 앉아 국어사전을 들여다보는 날이 많아졌다. 머리가 복잡한 날은, 가만히 앉아 보통의 단어들을 검색하곤 한다. 〈사랑〉, 〈관계〉, 〈변화〉, 〈노력〉, 〈사람〉, 〈인생〉, 〈꿈〉… 대충 이런 단어들이다. 당연히 알고 있을 것 같은, 아니 당연히 알고 있다고 믿는 단어들. 〈희망〉도 그랬다.

희망 : [명사]

1. 어떤 일을 이루거나 하기를 바람.

2. 앞으로 잘될 수 있는 가능성.

언제나 그랬던 것 같다. 희망을 경우의 수로만 따져 생각했던 것 같다. 결국 경우의 수가 희박하면 희박할수록 절망으로 받아들였고, 좌절을 당연시했다. 하지만 삶을 돌아보니, 희망은 가능성의 문제만이 아니었다. 희망은 무엇을 선택하고, 어떻게 행동하느냐의 문제였다.

　　어제를 추억으로 만들고,
　　오늘을 기록하게 만들며,
　　내일의 길을 만든다.

　　희망만이 답을 안다.

　　삶이 청소와 같이 느껴졌다. 치열했던 20대에는 앞에 있는 것만 청소하는 초보 청소법을 배웠고, 분주했던 30대에는 소파 밑 깊숙한 곳까지 청소해야 한다는 사실을 알게 되었고, 40대의 길을 걷고 있는 지금은 냉장고 위나 신발장 구석구석 등 보이지 않는 곳도 정리를 해야 한다는 사실을 알게 됐으니. 쉽게 말해 조금 더 멀리 보게 되었다는 말이다. 청소하는 법도, 인생을 사는 법도.

이런 표현이 적당할지는 모르겠지만, 꽤나 보수적인 아빠 때문에(혹은 덕분에) 결혼을 하고서야 독립을 할 수가 있었다. 처음에는 자유를 얻었다 생각했지만 "독립"의 민낯은 생각보다 냉혹했다.

창피한 이야기일지도 모르겠으나, 결혼 후 통장 잔고는 "0"이었다. 서른의 성적표 같다는 생각이 들었다. 한 친구는 비싼 아파트를 얻었고, 누구는 해외 지사로 발령이 났고, 누구는, 누구는 등등 수많은 지인의 소식 사이에서 한없이 초라해지는 기분으로 30대를 맞았다.

창피하지 않냐고? 생각해 보면, 사실 창피한 일은 아니었다. 한 사람을 사랑한 일이 초라해지면 안 되는 거였다. 어쩌면 그 시절은, 무개념으로 삶을 살았던 내가 처음으로 어른이 될 수 있었던 시기였을지도 모른다.

"0"이라는 아무것도 아닌 숫자 속에서 잘될 거라는 식의 허무맹랑한 생각의 근거는 무엇이었을까? "그것은 사랑의 힘이다"라는 식의 말도 안 되는 오글거리는 판타지를 말하는 것이 절대 아니다. 다만 "희망"에 대해 말하고 싶다. 그것은, 어쩌면 희망 덕분이었다. 한 사람을 만나 내가 좀 더 나아질 거라는 희망, 내가 좀 더 나은 사람이 될 거라는 희망. 지금도 크게 가진 것은 없지만, 아직도 후회하기보다 희망하면서 살고 있다고 말해주고 싶다. "0"이라는 인생 성적표 위에서 방황하는 사람들에게 꼭 말해주고 싶다.

"그 속수무책인 희망을 씨앗으로, 0에서 새롭게 태어나기도 합니다."

때로는 살아 있는 것조차 용기가 될 때가 있다.

세네카

✒ *008*

"완벽하지 않으면서 완벽한 척이야." 너무도 당연한 말이었지만, 그 말은 언제나 아팠다. 완벽하지도, 완전하지도 않다는 것을 누구보다 잘 알지만, 그것을 인정해 버리면 언제나 무능하고 나약한 내가 남았다. 나는 다른 사람보다 모든 것이 느렸고, 더뎠다. 넘어지지 않기 위해 다리에 힘을 주고 더 천천히 걸어야 했고, 부족한 실력을 감추기 위해 한 번으로 끝내도 될 일을 두 번, 세 번 반복해야만 했다. 완벽한 것과 멀고 완전한 것과는 동떨어진 나의 모든 것을 감추기 위해서 투쟁을 하듯 살아야 했다. 소설 《데

미안》의 문장처럼.

"새는 투쟁하여 알에서 나온다. 알은 세계이다. 태어나
려는 자는 하나의 세계를 깨뜨려야 한다."

알을 깨고 나오는 마음으로, 세상으로 나와야 했다. 대단
한 스펙도, 대단한 재능도, 대단한 인내도 없는 내게 세상
은 쉽게 진입할 수 없는 벽에 가로막혀 있었다. "작가라고
하는데 등단은?" "기자 생활은 어디에서?" "무슨 대단한
상처를 받았다고 이런 글을 쓰는지?" 세상은 끝도 없이 나
의 지난 시간을 묻고 또 물었다. 지난 시간의 나도 순간순
간 최선을 다했다고 생각했지만, 그 최선의 결과는 늘 미
약했다. 미약한 결과는 내 세계를 초라하게 만드는 강력한
힘이 있었다.

삶에 대한 투쟁이 늘어날수록,
삶에 대한 투정이 늘어갔다.

투쟁과 투정의 어느 지점에선가 반드시 타협해야 했다.
우선은 살아야 했으므로. 그리고 자책하는 일을 멈추기로

했다. 누구나 완벽할 수 없고, 누구나 완전할 수도 없는 게 삶이므로. 모든 사람의 지지를 받는 사람도, 모든 마음의 주인인 사람도 없는 게 인생일 테니까.

자책도 그러하다. 반드시 필요한 자책도 있었다. 하지만 자책에도 체력이 필요했다. 자책과 반성이 제대로 되기 위해서는 나를 돌아볼 수 있는 마음 체력이 반드시 필요하다. 너무 지쳤거나 아프거나 무너진 날의 자책은, 자칫 무리수가 되어 돌아올 수 있다.

자만으로만 넘치는 삶도 경계해야 하지만 자책 역시 그러하다. 그러니 자책이 필요한 날이라면 나를 제대로 돌아볼 수 있는 날까지 조금의 시간을 주자. 용기를 충전할 수 있는 시간을 주자. 그리고 반드시 이렇게 말해주자.

"삶은 매 순간이 용기이며, 그 용기는 나를 지켜주는 진심이다."

구름 뒤에는 항상 햇빛이 존재한다.

헨리 워즈워스 롱펠로

🖊 *009*

마음에 치이고
타인에 치이고
하루에 치인다.

그것 또한 삶인데
그것 또한 아프다.

"지금까지 안 되면 안 되는 거야. 포기해." "너한테 문제
가 더 많아." "니가 그렇지 뭐. 많이 버틴다 했다." 수많은

조언과 비난이 삶에 쌓여간다. 들어야 하는 말도 있고, 듣고 싶지 않은 말도 있고, 듣지 말아야 할 말도 있다. 하지만 삶과 사람들은 끊임없이 말한다. "너는 결국 틀렸다." "너의 선택은 잘못된 길이다." "너의 오늘은 헛될 뿐이다." "왜 되지도 않을 일에 힘을 빼앗기냐?" "그런 사람에게 마음을 주지 말아라." "결국 상처받을 사람은 너다." "쯧쯧 그러니 상처를 받지. 넌 그래도 싸."

치이다 : [동사]
1. 무거운 물건에 부딪히거나 깔리다.
2. 어떤 힘에 구속을 받거나 방해를 당하다.

    살면서 아픔이 따라온다는 것을 당연히 인정하면서도 사람이 쏟아내는 말, 즉 조언을 빙자한 비난은 하늘을 가리는 먹구름 같다는 걸 알게 됐다. '내 인생은 나의 것'이라 매번 다짐하지만 현실은 늘 반대였다. "내 인생은 타인의 것"일 때가 더 많았다는 말이다. 폭풍우가 왔다고 해서 해가 사라지는 것은 아니다. 하지만 고백하면, 잠시 지나가는 폭풍우를 핑계로 내 삶에 잠시 머무는 여행객처럼 살아낼 때가 많았다. 여행 내내 비가 온다고 하늘만을 탓하는 여행객처럼 무언가를 탓하고, 핑곗거리만 찾았다.

　마음에, 타인에, 하루에 일어나는 많은 일에 부딪히고 깔리고, 구속받고 방해를 당하더라도 이겨내야 하는 이유는, 날씨의 먹구름과 같은 원리다.

　먹구름이 지나가면
　더 찬란한 태양을 만나게 될 것이다.

　그러니 지치지 말고, 기대하라.
　포기하지만 않는다면,
　삶도 곧 찬란하게 빛을 낼 테니.

멀리 갈 위험을 감수하는 자
만이 얼마나 멀리 갈 수 있는
지를 알 수 있다.

T. S. 엘리엇

010

나에게 고마운 날보다
나라서 아팠던 날이 많았고,

나에게 사랑을 준 날보다
나라서 상처받은 날이 많았다.

분명 오늘도 그러하겠지만
그래서 더 애틋한 날들이다.

나는 분명 나약한 겁쟁이지만,

용기를 내서 더 멀리

가보기로 했다.

그 길 끝에서 무엇을 만나게 되든지.

나는 내 삶을 살고 싶다. 그래서 나의 밤은 후회로 가득하다.

F. 스콧 피츠제럴드

✍ 011

소란한 밤은, 여름밤의 모습과 묘하게 닮았다. 더위 때문에 창문을 죄다 열어두지만 정작 밖의 소음 때문에 쉬이 잠들 수 없는 여름밤의 풍경과 온갖 감정의 파도, 지난 후회가 덮쳐오는 소란한 밤은 흡사하다. 어느 여름밤, 바깥세상이 삶의 에너지로 넘쳐나듯, 소란한 밤도 그러할지 모른다.

소란한 밤에 후회가 큰 목소리를 내는 건, 더 잘 살고 싶어서 혹은 잘 살지 못한 것에 대한 죄책감이 밤의 길목을 막아선 것일 뿐이다. 어떤 것은 분명 우리 마음대로 할 수 있지만, 또 어떤 것은 마음대로 할 수 없다. 후회 뒤로 붙는 많은 것들이 그러하다. 지금 내가 마음대로 통제할 수 있는 것은 단 하나. 오늘, 단 하루, 아니 지금 단 1초뿐이다. 그러니 후회와 회한으로 가득한 소란한 밤이 찾아왔다면, 그 수많은 감정에 살아야 할 이유를 붙여 마음속 깊숙이 저장해 보자.

나만의 삶을 위해. 나를 위한 삶을 위해.
그 누구도 아닌 나를 위해, 브라보를 크게 외치며.

가는 곳마다 나보다 한 발 먼저 다녀간 시인이 있음을 발견한다.

지그문트 프로이트

012

그 문장은 답을 알고 있었을까?

어떤 날은 희망이 없어도 살고
어떤 날은 사랑이 없어도 산다.

대부분의 날을
희망도, 사랑도 없이 살아냈지만,
살다 보면 또 살아진다는 말에
못 미더운 위로를 받으며

또 그렇게 살아버렸다.

"그 위로의 문장들은 답을 알고 있었던 걸까?"
그러했기를, 그러하기를, 그럴 수 있기를
마음 깊이 기도한다.

오늘 안에서
나 역시 이렇게 사라지지 않고
살아내고 있으니.

타인의 많은 것을 용서하라.
그리고 자신에 대해서는 아
무것도 용서하지 말라.

성 아우구스티누스

013

"이수명"

그녀의 이름은 이수명. 바르게 표현하자면, 외할머니의
성함은 이, 수字 명字. 사실 외할머니 이야기는 들을 수 있
는 기회가 많지 않았다. 시대가 그랬고, 엄마의 가족사가
그랬다. '엄마에게도 엄마가 있었지'라는 사실을 어렴풋이
깨닫고 나서야 들을 수 있었던 이야기다.

나의 외할머니, 그 소녀에게는, 선택지가 없었다.

일본군 위안부로 끌려가지 않기 위해서라면 못할 것이 없었다. 그것이 생판 모르는 사람과의 결혼이라도. 결혼 후 소녀의 남편은 '일'이라는 명분을 만들어 서울로 가버리고, 소녀는 남편의 부모를 모시며 남겨진다. 시간이 지나 소녀는 아이를 낳고, 어른이, 여자가 되었다. 첫 아이가 사내아이였다면 그녀의 삶은 달라졌을까? 하지만 그녀에게 그런 행운은 더 이상 존재하지 않았다. 한 해, 두 해, 계절이 몇 번 바뀌고 남편이 결혼 소식을 알려왔다. 서울에서 형사 일을 하던 그녀의 남편이, 직장 동료의 동생과 결혼을 하게 되었단다. 조금 자세한 내막으로는 총각 행세를 하며 생활하던 남편이, 그 당시 소위 신여성이라 불리는 여자를 만나 사랑에 빠진 것이다. 소식은 여기서 끝이 아니었다. 그녀의 남편과 새롭게 결혼한 그녀는 운이 좋게 사내아이 출산까지 하게 되었단다.

　그 이후에 그녀는, 홀로 두 아이를 키우게 된다. 억척스럽게, 더 억척스럽게. 엄마가 회상하는 외할머니는 사내대장부 같은 분이었다. 하지만 외할머니의 삶이 마음이 아팠던 건, 사실 결혼 이야기 때문만은 아니다. 물론 비극은 언제나 잘못된 출발에서 시작되지만 말이다.

그녀의 남동생이 6.25전쟁에서 학도병으로 전사했다는 것도, 초등학교 선생이었던 이모의 아이들을 키우며 제대로 된 자신의 보금자리도 없이 생을 마감했다는 것도, 잘 사는 여동생 집에 둘째 아이를 더부살이로 떠맡기며 모진 가장의 역할을 해야 했다는 것도, 슬픔의 전부가 될 수는 없었다.

분명 가슴 아픈 일이지만, 그 시절에는 많은 사람이 아픈 사연을 가질 수밖에 없던 시대였다. 그 시대를 겪어보지 않은 내가 한 사람의 삶을 불쌍하다, 연민하는 것은 옳지 않다. 다만 그녀의 삶을 글로 남기는 것은, 그럼에도 그 소녀는, 그 여자는 그 삶을 버텨냈고 살아냈기 때문이다. 엄마의 자리를 포기하지 않았고, 외할머니의 자격을 잃지 않았기 때문이다. 외할머니는 단 한 번도 누군가에게 자신의 상처를 방패 삼아 폐를 끼치지 않았다.

외할머니의 기억은 그리 많지 않지만, 이것 하나는 또렷이 기억한다. 철이 없던 10살쯤의 기억이다. 갑자기 일을 나가게 된 엄마를 대신해서 외할머니가 집에 오신 적이 있다. 엄마가 갑자기 일을 나간다는 것에 대한 반항 때문이었을까. 외할머니가 오시면 엄마가 집에 없다는 철없는 투정 때문이었을까. 외할머니가 오셔서 초인종을 누르고, 문을 두드리는데도 문을 열어드리지 않았다. 꽤 오랜 시간이었던 것으로 기억된다. 결국 하루는 외할머니를 집에 들이지조차 않았다.

그런 말도 안 되는 이유로 화가 잔뜩 난 철부지 10살 꼬마를 외할머니는 어르고 달래면서도, 되돌아가는 문 앞에서 단 한 번도 화를 내지 않으셨다. 철없던 그 기억 하나가 너무 선명해서 지금까지도 부끄럽고 아프다.

이유를 알 수 없지만, 요즘 들어 외할머니의 삶을 곱씹게 되는 날이 많아졌다. '나라면?'으로 시작되는 물음은 항상 애잔한 마음으로 끝을 맺는다. 이제는 너무 오래되어버린 기억이지만, 세월의 흔적이 고스란히 묻어나는 두툼한 손으로 머리를 쓰다듬어 주시며, "예쁘다" 해주시며 나를 귀한 아이로 대해 주시던 기억이 선명해서일지도 모른다. 어린 시절, 외갓집의 따스하고 정겨운 기억으로 남아주셔서 그럴지도 모르겠다. 이제는 너무 늦어버렸지만, 내내 할 수 없었던 말을 전하고 싶다.

찰스 커트니 커란 │ 〈On The Cliff〉, 1910

"할머니, 그때는 제가 너무 어려서 할머니한테 참 못되게 굴었어요. 너무 죄송해요. 하지만 할머니, 내가 살아 있는 한 할머니는 영원한 나의 뮤즈입니다."

평온한 바다는 결코 유능한 뱃사람을 만들 수 없다.

영국 속담

✎ 014

인생은 하나를 주는 듯하다가,
결국 열을 빼앗아 간다.

다만 그럼에도,
살면서 받은 단 하나를 부여잡고,
삶으로 증명하며 나아가야 하는 것도 인생.

나는 아직도 배우고 있다.

미켈란젤로

✒ 015

늘 옳은 선택을 할 수는 없다.
늘 착한 선택만 할 수도 없다.

항상 옳지 못했다고 해도,
항상 착하지 못했다고 해도,
그건 슬픈 일일 뿐,

포기해야 하는 이유는 될 수 없다.

신께선 깨어 계신다.

빅토르 위고

✒ *016*

착한 사람에게도 비극은 찾아오고,
좋은 사람에게도 불행은 찾아오며,
강한 사람에게도 위기는 찾아온다.

신을 믿지만, 신이 있다면 왜 이런 슬픈 일이 생기는 걸
까 싶은 순간은 넘쳐났다. 이제 그 나이 정도 되었으면 익
숙해지라고 하는데, 아직도 익숙해지지 못하는 것들이 있
다. 착하게, 좋은 마음으로, 강하게 살면 되는 줄 알았지만
삶은 꼭 그렇게 이어지지 않았다.

착한 마음이 항상 좋은 길을 만들어 주지는 않았고,
최선을 다했다고 항상 좋은 결과로 이어지지는 않았다.

마음이 무너지고
과정이 부서져
모든 것이 사라져도
오늘을 살게 하는
단 하나의 이름은, '믿음'.

오늘은 분명 휘청이지만,
내일은 좀 더 견고해질 거라는,
오늘은 항상 휘둘리지만,
내일은 좀 더 단단해질 거라는,
나를 놓치지 않는 믿음.

그 믿음 하나가 어제의 나를,
그 믿음 하나가 오늘의 나를,
그 믿음 하나가 내일의 나를,

살게 했고, 살게 하며, 살게 할 것이다.

나는 생각한다. 고로 존재한다.

데카르트

017

    글로는 용기를 말하면서도 행동은 반대였다. 마치 거짓말을 일삼는 양치기 소년이라도 된 듯, 혹은 반대로만 행동하는 청개구리라도 된 듯 삶이 늘 반대 방향으로 향했다. 무언가 잘못되었음을 알았지만 아무것도 할 수 없는 시간이 쌓여갈 무렵, 유대교 초정통파 하시디즘(Hasidism)에 전해지는 우화를 알게 됐다.

    우화의 내용은 이렇다. 죽음을 맞이한 영혼은 누구나, 천국문 앞에서 한 나무 앞에 서게 된다. 그 나무의 이름은 '슬픔의 나무'. 나무에는 그곳을 먼저 지나간 이들의 슬픈 사연들이 가지마다 빼곡하게 걸려 있다. 천사는 말한다. "나무 앞에 도착한 영혼이여, 자신의 슬픔을 적어 나무에 걸어라." 천사의 안내대로 나무 앞에 도착한 영혼 역시 자신의 슬픈 사연을 적어 나무에 매단다. 그리고 나무를 크게 한 바퀴 돈다. 슬픔의 나무를 먼저 지나간 다른 이들의 슬픈 사연을 천천히 읽으며. 나무를 다 돌 때쯤 천사가 다시 묻는다. "다시 태어난다면, 이 나무에서 읽은 사연 중, 어떤 사람의 인생으로 살고 싶은가? 네가 선택한다면 너는 그 사람의 인생으로 다시 태어날 것이다." 하지만 이상한 일이었다. 그 나무를 지나간 어떤 영혼도 타인의 삶을 선택하지 않았다. 모두 하나같이 자신의 삶을 다시 선택한다는 이야기로 우화는 끝이 난다.

우화 속 나무 앞에 선다면, 나는 어떤 선택을 하게 될까? 단순한 질문 앞에 쉽게 답할 수 없었다. 나 역시 끊임없이 비교하면서 사는 나를 자주 발견하기 때문이다. 타인의 삶은 늘 평온하며, 안락하고 화사해 보였다. 그에 비해 나의 삶은 요란하고, 불안하며 빈약해 보였다.

하지만 가만히 들여다보면, 그 누구의 삶도 완벽하지 않았다. 나의 삶만큼이나 타인의 삶도 온전하지만은 않았다. 슬픔의 나무 앞에 선 영혼들처럼, 나 역시 다른 사람의 인생으로 살고 싶지는 않았다. 그렇게 생각하자 무거웠던 관계들이, 수많은 상처가 타인의 것보다는 작게 느껴졌다. 타인의 고통이 나보다 크다고 자만하는 것이 아니다.

다만 타인의 삶이 이해되자, 나의 삶을 비로소 용기 있게 바라보게 되었다고 고백하는 것이다. 타인과 나, 사이에 쉼표를 찍어 분리하자, 내가 보였다. 아프지만 그럼에도 용기 있게 살아가고 있는 나와 당신이 보였다.

나는 보기 위해 눈을 감는다.

폴 고갱

✎ *018*

'콰당'하고 넘어졌다. 마음이 물었다.
'지금 뭐가 보여?' 간단히 답했다.

'비로소 내가 보여.'

가끔은 삶의 쉼표가, 나를 살렸다.

경험을 현명하게 사용한다면, 어떤 일도 시간 낭비는 아니다.

오귀스트 르네 로댕

🖋 *019*

길을 잃는 날도 있겠지.
어둠 속에서 헤매는 날도,
사람 사이에서 엉망이 되는 날도 있을 거야.

어쩌면 그런 날은,
잠시 쉬어가야 하는 날일지도 몰라.

　잠시만 아주 잠시만 쉬어가고 싶다는 생각을 자주 하게
됐다. 그런 날이 찾아오면, 무거워진 마음에 비를 내려 마

음을 씻겨 내릴 수 있다면 좋겠다 생각했다. 모나고 못난
마음도 빗줄기에 쓸려 내리면 좋겠다 생각했다.

　그리고 마음도 날씨처럼 예보가 되면 좋겠다 생각했다.
그렇다면 넘어져 우는 날을 낭비라고 생각하진 않을 텐데.
슬픔을 자책하지도 않았을 텐데. 그냥 잠시라도 펑펑 울면
서 마음껏 마음을 비웠을 텐데.

글은 사람이다.

뷔퐁

✒ 020

"엄마가 우리 딸에게 주는 마지막 세뱃돈."

엄마가 명절을 지내고 돌아가는 딸에게 슬그머니 내놓는
흰 봉투. 언제나 그랬다. 부모님께 드린 얄팍한 명절 용돈은
두툼하게 채워져 여러 이름으로 다시 내게 돌아왔다. 아무
리 받지 않으려 해도, 그 봉투는 기어이 내게 돌아왔다.

'하… 엄마…'

철없는 딸이 꼬마에서 소녀로, 어른이 되어가면 되어갈수록 엄마의 시간이 잔인하게 와닿았다. 엄마의 옛 시간의 대부분은 신이 존재하지 않았다. 그럼에도 버티고 견뎌 내 옆에서 큰 나무가 되어주는 '엄마'. 나에게는 어쩌면 엄마의 존재가 신이었을지도 모른다.

어린 조카가 말한다.

"고모, 고모 책은 항상 할머니 침대 옆에 있어."

엄마의 머리 한 켠에 자리한… 딸의 자리. 그 자리의 의미를 알게 되는 날이 올까? 만약 시간을 다시 돌릴 수 있다면, 그래서 엄마를 다시 만날 수 있다면, 조금은 다정한 딸이 되고 싶다. 엄마의 아픔을 돌아보고, 신이 존재하지 않았던 엄마의 시간을 조금은 더 든든하게 지켜줄 수 있는 딸이 되고 싶다. 언제나 나에게 엄마가 그랬듯이.

엄마는 나에게 영원한 멘토이고, 롤모델이다. 엄마의 삶을 보면서, 삶이 글자 그대로인 사람이 되고 싶기도 하다. 엄마는 늘 한 가지만 강조했다. "마음과 행동이 하나인 사람이 되어라."

아직도 내게 가장 어려운 일이지만, 글을 쓰면서 늘 생각하고 또 고민하게 되는 마음가짐이다. 만약 내가 마지막 문장을 쓰게 된다면, 나는 나의 마지막 문장을 이렇게 쓰고 싶다.

"글자 그대로 살았다."

2장

느리고 단호하게. 마침표

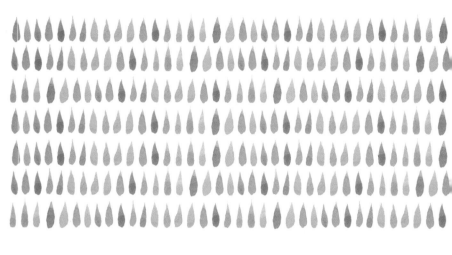

'나다움'을 발견하는 날은 생각보다 외로웠다. 외로움에게 배운 것이 있다면, 혼자가 되는 시간에 인색해지지 않아야 한다는 것. 혼자가 되는 것에 두려움이 없어야 한다는 것. 아무리 아픈 진실이라도 나다움을 제대로 발견할 수 있다면, 그것은 다시 내일을 살아갈 용기를 준다.

존 싱어 사전트 | 〈Carnation, Lily, Lily, Rose〉, 1885

진실을 사랑하고 실수를 용서 하라.

볼테르

001

애써 하루를 보낸다.
애끓게 하루를 보낸다.

아무도 가르쳐주지 않았을 오늘의 길,
잘 보냈으면 되었다.

오늘의 길에서 만났을
무수한 진실과 수많은 실수를
빼곡하게 사랑하게 되었으면 되었다.

네 모습 그대로 미움받는 것이 다른 모습으로 사랑받는 것보다 낫다.

앙드레 지드

✎ 002

특별한 경우가 아니면 거울을 보는 걸 좋아하지 않는다. 거울 속 내 모습을 보는 건 언제나 부담스러운 일이었다. 정확하게 말하자면 내 모습이 마음에 들지 않았다. 언젠가부터 여행을 가도 풍경 사진만 잔뜩 찍어왔다.

거울을 보지도, 내 사진도 제대로 찍지 못하는 나는 무얼 볼 수 없는 걸까? 나이가 들면서 점점 더 볼품없어지는 외모, 아니 굳이 이유를 붙이지 않더라도 그냥 나 자체가 싫은 걸지도 모른다. 그 이유가 무엇이든, 그 이유조차 궁

금하지 않게 되어버린 나를 발견하는 날이 많았다. 갑자기 불쑥 메모장에 이런 문장을 썼다. 몇 년 전 기억 때문이다.

잘 사는 삶은,
끊임없이 정리하고, 정리된다.

친구라 여겼던 사람이 내게 이렇게 말했다.
"야, 너 정말 많이 망가졌다."

우연히 20대 사진을 보고, 말을 이어갔다.
"도대체 몇 년 동안 무슨 일이 있었던 거야?"

마음이 통한다고 여기던 사람이었기에, 마음이 갔던 사람이었기에 더 아팠던 말이었을지도 모른다. 그 당시에는 별일 아닌 것처럼 넘겼지만 시간이 지날수록 화가 났다. 그 말이 아무리 사실이었대도, 그 사람에게 굳이 그런 말까지 들을 필요는 없었다. 그렇게 몇 번의 무례한 상황을 반복적으로 겪고서야 그 사람을 내 삶에서 몰아낼 수 있었다. 잊었다 생각했던 이름이 내 인생에 불쑥 튀어나온 건 몇 주 전 지인으로부터 온 연락 때문이다.

"너, △△△ 알지? 그 사람이 네 연락처가 없다고, 나한테 갑자기 연락처를 물어보네. 연락처 알려줘도 돼?"

다시 불쑥 튀어나온 과거의 이름. 불쾌한 기분이 들었다.

"아니, 무슨 일인지는 모르겠지만 절대 알려 주지 마."

아마 과거의 나라면 반가워했을지도 모르겠다. 아니 그 지인 앞에서만큼은 굳이 내 기분을 드러내지 않고 반가워 하는 척 정도는 했을지도 모른다. 하지만 더 이상 그럴 수 가 없었다. 갑자기 과거의 그 이름이 타임머신이라도 되는 듯, 나의 모든 것을 과거의 그 시간으로 데리고 갔기 때문 이다. 별일이 아니라면, 정말 별일 아닌 일이었다. 그 말이 요즘 말로 뼈를 때리는 팩트였을지도 모른다. 모든 것이 사실이었대도 나는 그 관계를 정리하고 싶었다.

이제 정리하고, 정리되는 일에 마음을 두지 않게 됐다. 절대 쿨해서가 아니다. 어느 날부턴가 나를 조금 더 짠하 게 보기로 했다. 그 어떤 사람을 만나도, 그 사람보다 단 0.000000001%라도 나를 더 짠하게 생각하기로 마음먹었기 때문이다.

나는 요즘 나와 로맨스를 시작했다.

그리고 아주 찐하게 사랑을 이어갈 예정이다.

무엇에 대한 불신은 또 다른 무엇에 대한 맹신에서 비롯된다.

게오르크 리히텐베르크

✐ 003

무너지는 순간 반드시 버려야 하는 마음이 있다. 그 순간만큼은 모든 마음이 머리에 있지 않고 가슴에 있다는 걸 깨달았다. 이성은 마비되고 감정만 남아 절망을 맹신하게 되는 순간은, 러시아워를 겪는 꽉 막힌 도심의 도로와 마찬가지 상태다.

그런 상황에서는 어떤 이성적인 생각이나 행동은 불가능하다. 철학자 니체는 말했다. "철학은 망치로 한다." 또 다른 철학자 소크라테스는 말했다. "자신의 영혼을 돌보는 것은 우리 자신의 책임이다." 니체처럼 철학을 할 수는 없어도, 그 망치로 나를 무너지게 만드는 모든 것을 깨부술 수는 있다. 소크라테스의 말은 그것을 뒷받침한다. 결국 내 영혼을 돌보는 것은 오로지 내 책임인 것이다. 그 뒤로 나는 꽤 자주, 신화 속 토르라도 되는 듯 마음속 깊숙이 큰 망치를 만들어 마음을 해방시키곤 했다. 나만의 "마음 해방일지"를 만들어.

마음 해방일지

1. 막연한 불안감을 버린다

지금 불안해하는 일이 생길 가능성은 딱 50%. 냉정하게 생각해도, 살면서 불안해했던 일은 대부분 일어나지 않았다. 혹여 그 일이 생겼다 해도 잘 견뎌냈던 지난 시간의 나를 떠올려 보자. 천천히, 느린 걸음으로라도 불안과 멀어져야 한다.

2. 뒤늦은 후회는 도돌이표일 뿐

아무리 후회해도 지난 시간은 돌아오지 않는다. 후회할 시간에 차라리 앞으로의 계획을 세워보자. 항상 들은 말이겠지만, 오늘의 후회는 내일의 후회로 돌아온다. 후회의 도돌이표를 지금 당장 끊어내야 한다.

3. 누군가를 탓하는 마음은 부메랑이 된다

안다. 힘든 순간 누구라도 탓하고 원망하면 조금 나아질 것도 같은 기분. 하지만 실제로는 아무 도움이 되지 않는다. 결국 누군가를 탓하는 마음은 고스란히 나에게 돌아오게 되어 있다. 그러니 누군가를 탓하기 전에 자신을 먼저 똑바로 보자.

4. 끊임없는 자책이 문제

자신의 문제를 제대로 파악하는 것과 잘못된 자책으로 자신을 괴롭히는 것은 다르다. 오늘의 실패를 내일의 기회로 만들 수 있는 시간이 바로 지금이다.

5. 근거 없는 자신감은 독이다

내가 달라지지 않으면, 자신감만으로 내일이 반드시 나아지지 않는다. 희망을 잃지 않는 태도는 중요하지만 그만큼 확 달라진 생활 태도도 필요하다.

6. 포기는 절대 금물

한없이 무너지는 순간에는 나 자신이 달라지면 분명히 달라질 거라는 믿음이 무엇보다 중요하다. 빠른 포기보다는 달라질 수 있다고 나 자신을 응원하는 마음이 절실하다.

7. 시간이 무조건 답은 아니다

모든 문제를 시간이 수습해 주지는 않는다. 시간을 방패 삼아 자기 인생의 방관자가 되진 말자. 아무리 어려운 문제라도 내 문제를 처리해야 하는 것은 오로지 자신의 몫이다.

소심한 자는 위험이 닥치기도 전에, 겁쟁이는 위험이 닥쳤을 때, 용기 있는 자는 위험이 지난 후에 두려움을 느낀다.

장 폴 리히터

004

'인간관계 문제'라는 폭탄이 일상에 떨어지면 하루가 쑥대밭이 됐다. 관계 안에 존재하는 나쁜 파괴력은 항상 어마어마했다. 아무리 대범한 사람이라도 사람과 문제가 생기면 평소와는 다르게 예민해지고 삐딱해지다 못해 히스테릭하게 변해간다. 관계가 늘어나면 날수록 그럴 확률은 커졌고, 예외는 없었다. 누구에게나 생길 수 있는 일들이었다. 다만 나쁜 파괴력을 가진 관계가 시작되었을 때, 어떻게 대처하는지가 중요했다.

내 경험을 이야기하자면, 소심하게 대처해 보기도 했고, 강하게 밀고 나가보기도 했으며, 늘 돌다리를 두드리는 심정으로 조심하기도 했다. 하지만 어떤 방식으로 인간관계를 대하든 생길 문제는 생겼고 피할 수는 없었다.

더 슬픈 일은, 하루하루, 한 해 한 해 나이가 들어갈수록 끊어내야 하는 사람들의 리스트가 점점 길어지고 있다는 것이다. 문장이 끝이 나지 않았음에도 마침표를 찍는 심정으로, 혹은 결국은 포기해 버리는 미완의 문장처럼, 비극으로 끝이 나는 관계는 항상 존재했다.

매일 집 안을 정리하듯, 매일 관계를 돌아보고 정리해야 했다. 그리고 결국 오랜 시간이 지난 후에, 나를 위한 리스트를 만들어야 했다. 인생에서 과감하게 끊어내야 하는 관계 리스트를.

1. '배려'라곤 눈을 씻고 봐도 찾을 수 없는 사람
2. 자기 잘못은 없고, 언제나 남 탓만 하는 사람
3. 없는 사람 험담을 끊임없이 해대는 사람
4. 자신의 기분대로만 행동하는 사람

5. 늘 부정적이고 습관적으로 욕설을 내뱉는 사람

6. 약속을 제멋대로 지키지 않는 사람

7. 호의를 당연하게 여기는 사람

8. 조언을 한다며 자기의 생각을 거침없이 쏟아내는 사람

9. 영혼 없는 사과를 하며 잘못을 반복하는 사람

10. 자기의 말만 늘 맞다 주장하는 사람

〈주의사항〉
나 자신도 누군가에겐 끊어내야 하는 사람일 수 있음.

쉬운 일을 어려운 일처럼, 어려운 일을 쉬운 일처럼 대하라. 전자는 자신감이 잠들지 않게, 후자는 자신감을 잃지 않기 위함이다.

발타사르 그라시안

✐ *005*

절망과 자책의 시간이 지나자 시간이 말했다.
"잘못된 건, 사실 과정이 아니라 출발점이다."

제아무리 노력해서 쌓아 올린 공든 탑일지라도,
출발이 잘못되었다면 허물어야 한다.

그것이 일이든, 사랑이든, 관계든.
그 무엇이든 간에 다시 되돌리고 싶다면,
다시 시작해야 한다.

펠릭스 발로통 | 〈The Ball〉, 1899

실수하며 보낸 인생은 아무
것도 하지 않고 보낸 인생보
다 훨씬 존경스러울 뿐 아니
라 더 쓸모 있다.

조지 버나드 쇼

006

격한 운동 뒤 온몸에서 느껴지는 느낌처럼, 마음도 뻐근
해지는 날이 있습니다. 그런 마음이 비집고 들어서면 늘
새로운 핑계를 만들어 계획들을 뒤로 미루게 만들죠. 가슴
에 묵직한 돌이라도 얹은 걸까요? 하루하루 무겁고 산만하
기만 합니다.

삶이 너무 무거워서일까요? 아니면 삶이 너무 가벼워져
버린 걸까요?

'쓰는 사람'으로 살면서 감정을 너무 쓰다 보니, 초라한 모습의 저를 자주 발견하곤 합니다. 후회와 불안에 찌든, 그렇게 다시 찌든 감정의 찌꺼기들로 인생의 변명을 만드는 악순환의 삶. 이런 날에는 누군가 제게 퍼부은 저주의 독한 말들에 의미를 부여합니다.

　'그 말이 맞았지 뭐.'라며 그 독한 말들의 씨앗을 마음에 들이고, 마음 깊은 곳에 뿌리내리게 합니다. 다시는 생각하지 말자고 다짐했던 말들입니다. 참 잔인해서 도망치고 싶었던 말들입니다.

　하지만 아이러니하게도 독한 말이 뿌려진 자리에도 꽃이 핀다는 것을 알게 되었습니다. 다시는 돌아보고 싶지 않았던 그 말들이 위안이 되는 날이 있다는 것도 알게 되었습니다. 그 독한 말들이 저를 성장시키고 있다는 생각이 들기도 했습니다. 삶이 독해진 걸까요? 제가 독해진 걸까요?

　이유가 어찌 되었든,

　누군가의 저주와 같은 말을 뚫고서라도,

살아남아야 하는 날이 있습니다.

지난 삶이 알려준 것이 있다면, 그 저주를 푸는 열쇠는 내 바지 주머니 깊숙이 있다는 것입니다. 다만 용기가 없을 뿐.

그러니 더 이상 미루지 말아야 합니다. 지금 당장 주머니 속에서 잠들어 있는 열쇠를 찾아 저주를 풀 시간입니다. 그것이 또 다른 실수나, 실패로 돌아온다 해도. 용기를 잃지 말아야 할 시간입니다.

태도는 아주 사소한 것이지만, 그 결과는 거대한 차이다.

윈스턴 처칠

001

무섭고 슬픈 이야기지만, 언젠가부터 삶 속 깊숙이 '죽음'이라는 단어를 들여놓고 살게 됐다. 처음에는 몸에 찾아든 병 때문이었지만, 후에는 삶을 괴롭히는 많은 것들 덕분이기도 했다. 처음 죽음을 떠올렸을 때는 막연하게 두려웠지만 사실 죽음은 슬픈 일이었다.

조금 더 솔직하게 말하면, 슬픔 역시 남겨진 사람들의 몫이었다. 나는 신을 믿지만, 설령 한 줌의 흙으로 남게 된다 해도 감사한 일이라고 생각하기 시작했다. 오늘의 생각

과 인생의 흔적, 내 안에 존재하는 모든 감정이 소멸한다
고 생각하면 그리 나쁜 일만은 아니라 생각됐기 때문이다.

　인생에서 가장 피하고 싶고 두렵다 여겼던 시간을 가볍
게 대할 수 있게 되자, 생각보다 많은 것들이 이해되기 시
작했다. 아주 아주 아주 아주 많이 외롭고, 슬프고, 아프고,
억울한 시간이 찾아와도 '왜 하필 나에게만 이런 문제가
생기냐'는 식의 문제 풀이는 안 할 수 있게 되었다. 그 뒤로
도 자주 외롭고 슬프고 아프고 억울한 시간은 존재했지만,
그것을 느끼는 시간을 짧게 다룰 줄 알게 되었다.

　《마지막 강의》의 작가, 랜디 포시 교수는 2008년 췌장
암으로 세상을 떠나기 전 마지막으로 사람들 앞에 섰다.
마지막 강의를 위한 시간이었다. 그는 강의 내내 자신에게
주어진 시간이 얼마 남지 않았음을 알았음에도 분노하거
나 슬퍼하지 않았고, 유머러스하게 자신의 꿈을 이야기했
다. 마지막까지 여유로운 모습을 잃지 않는 그는, 아내와
깊은 포옹을 나눈 후 이렇게 강의를 마무리한다. "많은 사
람들의 피드백을 귀 기울여 들으세요. (중략) 준비하세요. 행
운은 준비한 사람의 몫입니다."

그랬다. 그는 마지막에도 "꿈" "행운"이라는 단어를 쓰는 일에 인색하지 않았다. 마지막까지도 남겨질 아내와 아이들 걱정뿐이었다. 몇 년 전 강의를 다시 찾아보고 문득 이런 생각이 들었다. '난 왜 이렇게까지 인색해져 버린 걸까?' 불가능한 일인 줄은 알지만, 모든 순간을 꿈꿨던 순간이라 여기고, 모든 사람을 사랑하는 사람이라 여기면 어떨까 하는 생각이 들었다.

　늘 그렇다. 이해는 어려운 일이었지만, 오해는 너무도 쉬웠다. 타인의 말을 흘려듣지 말라는 랜디 포시 교수의 마지막 당부의 말을 듣고 보니, 이런 생각에 이르렀다. 이해하는 것은 듣는 것, 오해하는 것은 흘려듣는 것. 나 역시 흘려듣는 사람이었다. 글로는 '이해'라 쓰지만, 언제나 행동은 '오해'하며 살았다.

　오해는 너무 쉽지만
　이해는 너무 어렵다.

　하지만 타인을 이해한다는 건,
　분명 용기이며 귀한 선택이다.

어쩌면 그 귀한 용기의 선택이 모여, 사랑할 수 있는 오늘과 감사할 수 있는 사람으로 인생을 가득 채우게 될 날이 올지도 모르겠다는 희망이 생겼다. 다시 꿈이 생겼다.

모든 실수가 어리석은 것이라 말해선 안 된다.

키케로

✎ *008*

사람과 사람 사이에서
많이 울고서야 알았다.

'사람의 마음에도 문이 있구나.'

세상에 수많은 형태의 문이 존재하듯,
사람의 마음속 문도 가지각색이었다.

어떤 문은 한 번 닫히면 절대 열리지 않았다.

문이 열리지 않는 이유는 단순했다.
문 뒤로, 지치고 상처받은 짐승처럼
처참하게 버려진 기억이 있기 때문이다.

어쩌면 절대 열리지 않는 마음의 문이란,
결국 상처받은 기억을 보호하기 위한
장치일지도 모른다.

아무리 용서하려 노력해도,
아무리 잊으려 노력해도,
놓아지지 않는 누군가가 있다면

누군가를 애써
용서하려 노력하지 마라.

그것이 아무리 지난 시간의 조각이라도,
누군가 그 조각을 버리라고 강요해도.

그 문을 봉인해 버려라.

철저히 혼자가 된다 해도.
두려워하지 마라.

굳이, 누군가를 억지로
용서하면서 살지는 마라.

그것이 인생의 오점으로 남게 되더라도.

슬픔의 유일한 치료제는 행동이다.

조지 헨리 루이스

009

겁이 많다고 변명했고,
상처가 많다고 항변했고,
나이가 많다고 위안했다.

겁은 때론 좋은 변명거리였고,
상처는 꽤 좋은 탈출구였으며,
나이는 너무 괜찮은 핑곗거리였다.

하지만 이제는 안다.

변명이 늘어날수록
항변이 강해질수록
위안이 짙어질수록

두려움 또한 깊어진다는 걸.

마음에 갇히고, 시간에 휘둘리고,
자신에게만 한없이 관대하다면,
결국, 삶은 걷잡을 수 없이 무너질 것이다.

때로는 그것이 후회라 해도, 돌아보는 것을,
간혹은 그것이 퇴보라 해도, 다시 돌아가는 것을,
설령 그것이 망설임이라 해도, 머무르는 것을,

두려워하지 말아야 하는 이유다.

길이 이끄는 곳으로 가지 말고, 길이 없는 곳에 가서 길을 남겨라.

랄프 왈도 에머슨

010

잘못된 길은 가지 않는 게 맞고,
잘못된 관계는 끊어내는 게 맞다.

누군가는 독해졌다 했고
누군가는 편견이라 했다.

사실이었다.
편견에 사로잡혀 있었던 시기는 많았다.
하지만 삶에 편견이 많다는 것을 깨닫자

더 많은 제약이 생겼다.

나를 아프게 하는 것들에 대해서도
'그건 내 편견이 아닐까' 하는 의심이 들었던 것.

마구잡이로 자라는 의심들이 짙어질수록
삶은 더 흔들렸고, 갈피를 잡지 못했다.

그것이 편견이든, 아집이든
그것이 중요한 것이 아니었다.

나를 잡아주는 중심이 중요한 것이었다.
그리고, 절대 습관이 되면 안 되는 것이 있었다.

"나를 지키지 못하고, 상처받는 일에 익숙해지는 것"

나를 지킬 수 없는 길은 잘못된 길이다.
나를 지킬 수 없는 관계 역시 그러하다.

빈센트 반 고흐 ｜〈Terrasse du café le soir〉, 1888

많이 생각하는 모든 것들은
문제가 된다.

프리드리히 니체

✍ 011

나는 자주,
머릿속 모든 세포가 꼬이는 것 같은
긴 밤과 마주한다.

자리에 누워 한참을 뒤척였다.
작업 때문에 무리하게 마신
몇 잔의 커피 탓이었을까?

길고 긴 밤의 어둠 속에서

마음속 소리가 점점 커졌다.

기어이 열리고 만 판도라의 상자처럼,
누군가에게 하지 못했던 말들,
누군가에게 상처받았던 기억들이
폭포처럼 쏟아져 나왔다.

생각은 돌고 돌아 이런 말을 툭 던진다.

'그게 그렇게 억울해?'

'넌 누군가 너를 무시하면,
그렇게 억울해하면서,
넌 왜 지금의 시간을 무시해?'

한 방 제대로 맞은 기분이었다.
정말 그랬다. 정작 중요한 것은,
누군가의 무시나
누군가에게 받은 상처가 아니었다.

나에게 가장 중요한 것은,
오늘의 시간을 어떻게 보내느냐였다.

나는 과거를 후회하느라,
누군가를 미워하고 원망하느라,
오늘을 언제나처럼 낭비하고 있었다.

가장 중요한 것은
오늘을 존중하고
소중하게 대하며
정성을 다해 보내는 것.

그것뿐이었다.

가장 중요한 것들이 가장 사소한 것들에 의해 좌우되어서는 안 된다.

요한 볼프강 폰 괴테

012

모두를 이해할 필요도,
모두에게 이해받을 필요도 없다.

모두를 사랑할 필요도,
모두에게 사랑받을 필요도 없다.

받은 상처는 모래에 기록하
고, 받은 은혜는 대리석에 새
겨라.

벤자민 프랭클린

013

마음을 다했대도,
진심을 주었대도,

세상은 나의 힘듦을 이해 삼아
나에게 웃어주지만은 않는다.

하지만 세상은 알려주기도 한다.
사람 얼굴 위로 존재했던 가면을 벗겨
진실의 얼굴을 보여준다.

가면 뒤로,

나를 향해 웃는 사람과
나를 향해 조롱을 날리는 사람을
진실되게 보여주기도 한다.

이름이 무슨 소용인가? 장미
는 어떤 이름으로 부르든 똑
같이 향기로울 텐데.

윌리엄 셰익스피어

014

좋은 생각은 머물게 하고
나쁜 생각은 담지 않는다.

인생을 굳이 그림에 비유하자면,
밑그림 없이 그린 그림 같다.

잘 살고자 다짐하고 계획을 세우며
빛나는 내일을 꿈꾸지만,
어디 인생이 그렇게만 흘러가던가.

하지만 또 어떤 날은,
밑그림 없이도 잘 그려진 매끈한 그림처럼
멋들어지게 살게 되는 날이 있다.

재밌기도 하고, 짓궂기도 하다.

인생이란 계획할 수는 없어도
지켜내며 살아야 하는 걸지도 모른다.

머물게 할 것은 편안하게 머물게 하되,
담지 말아야 할 것은 제때 버려야 하는.

자존심만 세우는 사람이 아닌,
부끄러움을 아는 사람이 되는 것이
어쩌면 잘 사는 인생의 황금 비율일지도.

고개를 들어라. 각도가 곧 태도다.

프랭크 시나트라

🖋 015

방향이 잘못되면 다시 잡으면 되고,
속도가 느리다면 다시 힘을 내면 된다.

인생은, 방향이나 속도의 문제가 아니라
그것을 바로잡을 마음의 자세에 달려 있다.

기자 생활을 하면서 많은 사람을 만나 인터뷰를 했다.
기자도 사람이다 보니, 잠시 스쳐 가는 인연처럼 만나게
되는 자리라도 더 각인되는 사람이 있었다. 내게는 배우

이순재 선생님이 그랬다. 인터뷰 당시, 대학로 소극장으로 다시 돌아온 노장의 배우 이순재의 행보가 꽤 화제가 됐다. 어렵게 잡은 인터뷰였다. 배우와 허용된 시간은 연극 후 1시간.

'이순재' 선생님이 내 인생의 스타가 된 것은, 그의 연기나 경력 때문만은 아니었다. 그것은 바로 그만의 올곧은 열정 때문이었다. 젊은 배우들도 몇 시간 동안 라이브로 이뤄지는 연극 무대에 서면 체력이 바닥나기 마련이다. 연극이 끝나고 그를 만났을 때, 그에게는 어떤 지침의 기색도 보이지 않았다. 더 놀라웠던 건, 약속된 1시간의 인터뷰 시간이 지난 후의 일이었다.

"선생님, 많이 피곤하실 텐데. 이제 그만 인터뷰 정리할까요?"

동석한 동료 배우가 말했다. 하지만 그는 단호했다.

"그러지 마. 괜찮아. 기자 양반들이 인터뷰하려고 오래 기다렸을 텐데. 조금 더 하지."

그렇게 조금 더 진행된 인터뷰에서 그는 그 어떤 청년보다 빛났고, 어떤 배우보다 아름다웠다. 그리고 그 길지 않은 만남이, 그동안의 나를 돌아보게 했다. '나는 저런 열정으로 일을 대한 적이 있었나?' '70대의 내 모습이 저리 빛날 수 있을까?' 꽤 인상적인 인터뷰였지만 흘러가는 시간 속에서 기억은 흐려졌고, 삶은 다시 느슨해졌다. 갑자기 툭 하고 그가 했던 말이 생각나기 전까진 말이다.

　　"내가 멋져 보인다고. 허허. 아직 젊지? 괜찮아. 젊을 때는 나도 방법을 몰랐어. 살다 보니, 사람들이 나를 멋지다고 평가하더라고. 인생이 그런 거야. 내가 오늘을 멋지게 대해주면, 시간도 나를 그만큼 대해주더라고."

　　나는 과연 나의 삶을, 나의 시간을 '어떻게' 대하는 사람일까? 잊고 있었던 인생 선배의 따스한 다독거림이 느슨해질 대로 느슨해져 버린 나에게 응원을 보낸다.

　　"괜찮아. 다시 시작하면 돼."

화는 바보같이 시작되고, 후회로 끝난다.

피타고라스

016

    돌이켜 보면 언제나 감정이 문제였다. 하지만 언제나 옳은 답은 없었다. 다만 오늘을 바꾸고 싶다면 달라져야 하는 방법은 있었다. 어른이 되고, 독립한 후 가장 좋았던 건 이런저런 나만의 공간이 생긴다는 것이었다. 특히 주방이 그랬다. 요리를 즐기거나 잘하지는 못하지만 내 생각을 요리할 수 있는 것이 좋았다.

    몸이 아프고 나서 가장 먼저, 바뀐 곳도 주방이었다. 한 번 꽂히면 무섭게 몰입하는 나는, 모든 냄비를 무쇠 냄비로 교체했다. 처음 무쇠 냄비를 사용하던 날엔 피식 웃음이 나왔다. '이거 몸을 생각하고 바꾼 일인데, 손목부터 망가지겠는데' 싶었다. 묵직한 냄비를 매번 요리하면서 사용하는 일이 쉽지 않았다. 하지만 그것이 장점이 되기도 했다. 묵직한 뚜껑이 음식 냄새를 확 가둬두기 때문이었다.

말도 안 되게 들릴 수도 있겠지만, 감정도, 감정에 따라 용기를 나눠 보관하고 싶다는 생각이 들었다. 감정의 무게나 온도에 맞춰, 혹은 무겁게 눌러 가둬야 하는 감정은 감정대로 나눠서 보관할 수 있다면 좋겠다 싶었다.

나는 언젠가부터 새로운 감정이 생기면 그것을 먼저 오래 관찰한다. 그리고 장인이라도 되는 듯, 한 마음 한 마음을 다해 그 감정에 맞는 용기에 감정을 보관한다. 지금까지도 어렵기만 한 일이다. 하지만 몸이 아팠을 때를 떠올렸다. 이런저런 방법을 공부하며 병든 몸을 살렸듯, 이런저런 방법을 모색하며 마음을 살리려고 매일 노력 중이다.

감정은 곧 기분이고, 기분이 하루를 좌우하며, 그것이 결국 쌓여 삶이 된다. 사람의 건강은 몸이 좌우하지만, 사람

의 몸을 좌우하는 것은 감정이다. 그래서 우리에겐 감정을
적절히 사용하는 방법이 꼭 필요하다.

감정 사용법

1. 아무리 화가 나는 일이 생겨도 천천히 100까지 센다.
여기서 포인트는 참는 것이 아니라 냉정해지는 것이다.

2. 내 기분을 상대방에게 최대한 드러내지 않는다. 기분
이 태도가 된다는 건, 타인 앞에서 스스로 무너진다는 의
미이기도 하다.

3. 오늘을 바꾸고자 한다면 작은 감정들부터 물리친다.
작게 지나쳐야 하는 감정은 반드시 존재한다. 기준을 정해
감정을 다뤄야 한다.

4. 매 순간 진심을 다하되 포기해야 할 때 빨리 포기한
다. 감정에도 선택과 집중이 필요한 법. 최선을 다했다면
포기를 미루지 않는다.

5. 굳이 참으려고 애쓰지 않는다. 감정도 폭발이 필요할 때가 있다. 스스로 책임질 수 있는 범위에서 절대 참지 않는다.

반성하지 않는 삶은 살 가치 가 없다.

소크라테스

✍ 017

길을 잃고 나를 잃고 꿈을 잃고 살아간다.
헤매고 넘어지고 부딪히며 살아간다.

살아가는 건지, 살아내는 건지
살아도 사는 게 아닌 것만 같은.

그럼에도 어쩔 수 없이
나를 돌아봐야 하는 날이 있다.

그러다 알게 됐다.

어쩌면 그런 날
잃어버렸던 꿈을 찾기도 한다.
잃어버렸던 길을 찾기도 한다.

어쩔 수 없이
나를 돌아봐야 하는 날이 있다.

어쩌면 그런 날
잃어버렸던 나를 찾기도 한다.

성공한 사람이 아니라 가치 있는 사람이 되기 위해 힘써라.

알버트 아인슈타인

✎ 018

어김없이 알람이 울렸다. "잘 지내고 있지?" 일 년 전 내가, 내게 보낸 알람 메시지. 아픈 후 계속된 알람 메시지가 쌓이기 시작하자, 조금은 다른 기록을 남겨 보고 싶었다.

나는 일 년 후 나에게 어떤 말을 듣고 싶을까?

1. 다 잘 되고 있어. 포기하지 않고 노력한 덕분이야.
2. 모두 잘 지내. 내가 사랑하는 사람들은 모두.
3. 꽤 멋져. 인정! 그때 그날의 노력이 헛되지 않을 만큼.

4. 상처는 더 옅어졌어. 난 더 어른이 됐고.

5. 아직도 열심히 살고 있어. 지난 시간보다 더.

어쩌면 일 년 후 나에게 가장 듣고 싶은 말은,

"성공은 아직 모르겠지만
내가 계획한 모든 것을 잘 해내고 있어.
그러니 걱정 말고 잘 지내."

계획 없는 목표는 한낱 꿈에 불과하다.

생텍쥐페리

✒ 019

지난 선택은, 언제나 무거웠으며 후회스러웠다.

지난 선택의 후회는, 오늘의 모든 선택을 망설이게 했다. 선택을 하면 선택하지 않은 것에 대해 갈망하게 됨을 알게 됐으니.

오늘의 선택이 늘 후회와 함께 와도 괜찮다고 말하곤 하지만 그렇지 않다는 것을 알기에 오늘은 문장 앞에서 더 망설여진다.

다만 크고 작은 선택들에 대한 책임을 지며 살자는 마음으로 살게 되기를. 내일도 분명 후회하겠지만 그것이 늘 최선이었다는 마음가짐으로 살게 되기를.

생각대로 살지 않으면 사는 대로 생각하게 된다.

폴 부르제

020

나는 용기 없는 사람이기에, 살면서 더 많은 '용기'를 주문하기도 한다.

−혼자가 되는 시간을 온전히 즐길 것

−모든 사람에게가 아니라, 나에게 좋은 사람이 될 것

−마음이 가는 사람이 있다면, 온 마음을 다해 표현할 것

−타인에게 준 마음이 상처로 돌아온다면, 쿨하게 작별할 것

−진심을 짓밟고 이용하는 사람을 곁에 두지 말 것

−실패를 핑계 삼아 오늘의 새로운 도전을 피하지 않을 것

−미움을 받더라도 할 수 없는 일을 확실하게 거절할 것

어쩌면 용기란,

치열한 오늘 속에서

철저하게 나를 지키는 단 하나의 방법일지도.

프레드릭 차일드 하삼 〈The Sonata〉, 1911

3장

느리고 아름답게! 느낌표

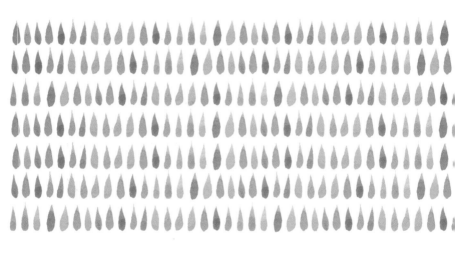

날마다 빈칸이었고, 날마다 빈틈을 발견했다. 매일이 던져주는 빈칸을 끊임없이 채워나가도, 마음의 빈틈은 채워질 줄 몰랐다. 마음이 무섭고 어려울 때마다 크고 작은 느낌표를 나무 심듯이 삶 속에 심어 나갔다. 잘 살고 싶다는 절실한 마음으로. 그렇게 심어둔 느낌표 나무가 하나둘 늘어 숲이 되었으면 하는 마음으로.

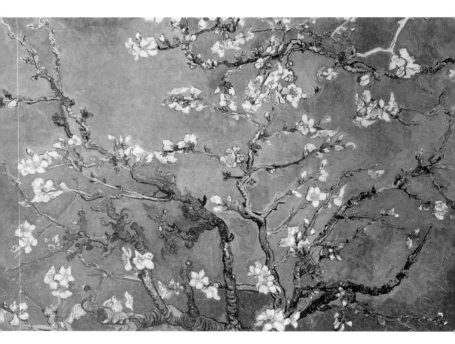

빈센트 반 고흐 ｜〈Almond Blossom〉, 1890

사람들이 모든 일을 해내는 것은 할 수 있다고 믿기 때문이다.

베르길리우스

001

고백하자면, 나는 언제나 '포기'를 쉽게 허락하는 편이다. 어떤 사람들은 내 글을 보고 이렇게 평한다.

"뻔한 글이잖아." "SNS에서 쉽게 볼 수 있는 글."

맞는 말이다. 조금의 변명을 보태자면 쉬운 글을 쓰게 된 이유는, 아마도 기자 생활로 글쓰기를 시작했기 때문이리라. 내 인생 첫 사수는 내게 이렇게 주문했다. "야 임마, 글을 네 놈 머리로만 쓰니까. 너만 이해하는 글이 나오지."

"초등학생이 읽어도 이해가 되는 글을 써." 사수의 온갖 괴팍한 평가에 멘탈이 바사삭 부서지는 일이 일상이 되자, 글쓰기 기준은 '쉽게, 더 쉽게'가 됐고, 취재로 머릿속에 새롭게 입력된 문장을 풀이해 독자들에게 이해시켜야 하는 미션 같은 것이 되어버렸다.

이상한 일이었지만, 시간이 지날수록 다시는 마주치고 싶지 않았던 그 사수에게 고맙기도 했다. 모질고 독한 사수의 평가가 이해되었기 때문이다. 오랜 시간이 지나서야 알게 된 것은, 자신을 측은하게만 바라보는 섣부른 동정심보단 자신을 더 혹독하게 대해야 하는 순간도 필요하다는 것이었다.

이 역시 이상하게 들리겠지만, 뻔한 글을 쓴다는 말이, 이제는 제법 가슴으로 이해되는 글을 쓰게 되었다는 말처럼 들리기도 했다. 무엇보다 아픈 평가지만, 그 역시 삶을 녹여내는 내 방식이라고, 앞으로도 그러할 거라고 말하고 싶다. 글도, 삶도 늘 뻔한 얘기일 수 있지만, 나만의 느낌표를 마구 찍으며 뻔뻔할 정도로 유쾌하게 살고 싶기도 하다.

"포기해도 돼"라는 말보다
"다시 시작하면 돼"라는 말이,

"살아져"라는 말보다
"살 수 있다"라는 말이,

절망이 넘치는 시간 속에서도
내일을 살고 싶어지게 만든다.

사랑때문에 세상은 돌아간다.

찰스 디킨스

✒ *002*

계절이 참 달다.
바람이 참 달다.
햇빛이 참 달다.

하지만 이제는 알 것도 같다.

계절이 달게 느껴지는 것은, 사계절이 존재하기 때문이고,
바람이 달게 느껴지는 것은, 그늘이 존재하기 때문이고,
햇빛이 달게 느껴지는 것은, 어둠이 존재하기 때문이다.

아팠던 시간에 대해 말하면 병에 대한 궁금증이 따라왔다. 숨길 것도 없지만 굳이 이야기하고 싶지 않았던 것은, 이 이야기를 하면 왠지 눈물이 날 것만 같았기 때문이다.

결혼을 하고, 요즘 세태가 그렇듯 바로 아이를 가질 생각을 하지 않았다. 이상하게 들리겠지만 젊음도 핑계가 됐고, 엄마가 된다는 게 사실 겁이 났다.

여자로서 결혼 전과 후가 달라진 점이 있다면 산부인과를 주기적으로 방문해야 하는 것이었는데, 사실 다른 진료과와는 다르게 산부인과는 갈 때마다 두렵고 불쾌한 곳이었다. 한 해, 두 해 결혼 연차가 쌓이자 일 년에 한 번 만나는 의사 선생님은 "이렇게 건강한데 왜 아이를 안 낳냐?"며 잔소리를 더했다. 불편하기도 하고, 조금은 불쾌하기도 한 소리였지만 걱정이겠거니 넘겼던 시간이 쌓여갈 무렵 일 폭탄을 맞았다. 숨도 쉴 틈이 없었던 시기였다. 지금 생각해 봐도, 그렇게까지? 일을? 할 수 있다고? 싶은 시기였다. 하여튼 그즈음이었다. 몸에 조금씩 이상이 생겼다. 규칙적인 생활 패턴이 무너지고, 몸이 점점 부어갔다.

'뭐 운동도 안 하고, 스트레스를 먹는 걸로 푸는데 살이 찌지, 할 수 없잖아.'

일을 핑계 삼아 몸이 알려주는 이상 징후들을 모두 무시했다. 심한 증상은 아니었지만 알싸하고 기분 나쁘게 배가 반복적으로 아팠다. 별일 아닌 것처럼 찾은 내과에서, 산부인과로, 다시 대학병원으로 가보라는 권유를 받았다. 난소에 큰 혹이 생겼다고 했다. 모양도, 위치도 너무 좋지 않다고 했다. 좋은 선생님을 만나 급하게 수술을 진행할 수 있었다. 다행히 난소에서 큰 혹을 떼고, 별 문제 없다는 진단을 받았지만, 나는 '엄마'라는 이름을 포기해야 했다.

'엄마'

살면서 한 번쯤은 그런 존재가 되고 싶었던 것 같다. 누군가에게 "엄마"라 불리며, 한 아이와 온기를 나누고, 한 아이에게 우주가 되어 보기도 하고, 나무가 되어 보기도 하고, 반항의 대상이 되어 보기도 하고, 그리움의 대상이 되어 보기도 하고… 써도, 써도 모자랄 존재가 되고 싶었다. 적어도 내 안에 존재하는 '사랑'의 의미를 한 아이에게 돌려주는 존재가 되고 싶었다. 어쩌면 언젠가 반드시 당연히 될 수 있으리라 생각했던 존재가 엄마였던 것 같다.

일을 핑계로 미뤄뒀으면서, 막상 될 수 없다고 하자 아팠다. 하지만 희한하게도 너무 큰 슬픔이 찾아오자 꽤 담담하게 그 감정을 대할 수 있게 됐다. 슬픔을 가중시켰던 것은, 일상에서 만나게 되는 사람들의 악의 없는 무례함이었다. "왜 아이가 없어요?" "아이는 안 가지니?" "아직도 아이가 없어?" 나를 위한 조언이라 여겼던 여러 소리들이 죄다 상처가 됐다. 하지만 특별히 변명하고 싶지도, 설명하고 싶지도 않았다.

아팠다. 속으로만 꽁꽁 감춰야 했던 모든 말이 아팠다.
대답조차 할 수 없을 정도로 힘이 나지 않았다.
부질없는 설명은 하고 싶지 않았다.
구구절절한 내가 되기 싫었다.

그럼에도 지금 구구절절 이 글을 쓰는 이유는 단 하나다. 아팠던 순간, 어쩌면 정말 포기하고 싶었던 순간, 나를 잡아준 사람에 대한 고마움. 엄마는 될 수 없었지만, 한 사람의 진정한 친구이자 진실한 아내는 될 수 있었다. 살면서 '온전하다'라는 의미를 온전히 알게 해준 사람. 남편은 늘 그런 사람이다. 어떤 날은 물과 기름처럼 곁에 맴도는 것 같다가도, 내가 가장 겁내는 순간이 오면 슬그머니 앞으로 나와 길을 터주는 존재.

"내 인생의 가장 크고 멋진 느낌표, 당신이어서 참 다행입니다."

한마디 말이 삶의 무게와 고통으로부터 우리를 구한다. 그 말은 사랑이다.

소포클레스

003

드라마 덕분이기도 하겠지만, '추앙'이라는 단어를 삶에 들이자 많은 것들이 사랑이 되었다. 무엇보다 그 의미가 밖으로 흐르지 않고 나를 향해 흐르자 그 의미는 더 커져 갔다. 그리고 매일매일 나를 추앙할 수 있게 됐다.

매일 나를 추앙하는 법

─타인의 평가에서 벗어나, 내 기준으로 세상을 볼 것
─누군가를 용서하기 전에, 나 자신을 먼저 용서할 것

- 누군가 내 노력을 무시하려 한다면, 당당하게 맞설 것
- 성과로만 나를 판단할 때, 나의 과정을 소중하게 여길 것
- 아무리 부족한 나라도, 받아들이고 인정할 것
- 제아무리 사소한 마음이라도, 귀 기울이고 다독여 줄 것
- 나로 살아줘서 고맙다고, 매일 나에게 말해줄 것

우리를 조금 크게 만드는 데 걸리는 시간은 단 하루면 충분하다.

파울 클레

004

1, 2, 3, 4, 5,··· 31,

1, 2, 3, 4, 5,··· 28,

1, 2, 3, 4, 5,··· 31,

1, 2, 3, 4, 5,··· 30,

1, 2, 3, 4, 5,··· 31,

1, 2, 3, 4, 5,··· 30,

1···

달력 속 시간은 크게 흐르다 작아지고,

다시 크게 흐르다, 작아진다.
반복적인 숫자의 배열만큼 내 다짐도
커졌다 작아졌다, 다시 커졌다 작아졌다.

숫자의 크기는 매일 달라지곤 하지만,
매일을 관통하는 마음은 늘 같다.

투명하되 아름답고
소멸하되 각인될
시간을 보낼 것

순간들을 소중히 여기다 보면,
긴 세월은 저절로 흘러간다.

마리아 에지워스

005

계절이 바뀌어도
달라지지 않는 건 많아.

삶은 어제보다 더 어려웠지만
그만큼의 용기가 더 필요했고,

오늘은 더 용기 내서 살고 싶었지만,
그것만으로는 충분하지 않았지.

있잖아. 그럼에도 나는,
내일을 앞둔 내게 이런 말을 해주고 싶어.

괜찮아. 용기가 없어도.
그래도 오늘을 살고 있잖아.

내일은 분명 달라지지 않을지도 몰라.
하지만 오늘을 받아들였다는 그것만으로도
내일은 훨씬 아름다울 거야.

사람들은 달에 갈 생각만 하 느라 정작 자기 발밑에 핀 꽃 을 보지 못한다.

알버트 슈바이처

🖋 006

시간이 지난다고 크게 달라지지 않았다.
다만 옅어지고 흐려지며 마음 안에 각인되는 것이다.

누군가 내게,

"상처에서 벗어나는 법"을 물으면, "시간"이라 답했다.
하지만 답은 "시간"에 있지 않고, 오늘 내 "발밑"에 있었다.

하면 할수록 더 많이 할 수 있다.

윌리엄 해즐릿

✒ *007*

내 삶을 뒤져 위로에 걸맞은 단어를 찾는다. 수많은 단어가 쏟아진다. 비, 책, 사람, 가족, 사랑, 꽃, 나무, 하늘, 시, 문장, 음악, 그림, 바람, 바다, 감사… 어느 것 하나를 고를 수 없었다. 하지만 그 수많은 단어를 하나로 묶을 수 있겠다 싶었다.

"여행"

여행은 그 수많은 단어들을 하나로 묶을 수 있었다. 그랬다. 여행은 나에게 분명 위로였다. 늘 힘든 시간이 찾아오면 떠나야 그나마 숨 쉴 수 있었다. 또 그렇게 떠났던 어느 날이었다. 새하얀 구름밭을 내려다보며, '참 달큰하고, 폭신하겠다' 생각했던 찰나였다. 구름 속을 뚫고 착륙을 준비하는 비행기가 난기류와 부딪히며 큰 파동을 만들었다.

모든 것이 보는 것과는 너무도 달랐다. 구름도 그랬고, 여행도 그랬다. 하지만 나는 여행 안에서 늘 따스한 온기와 새로운 위로와 숨겨진 희망을 찾는 걸 희망한다.

여행 속 나는 보물찾기라도 하는 듯, 분주하고 또 그만큼 치열하게 시간을 보낸다. 그 시간 속에서만큼은 일상과 다르게 매 순간 살아 있음을 생생하게 느끼려 노력한다. 아마 나에게 여행이란, '살아 있음'을 증명하는 시간이고, 날 것의 위로를 받는 순간의 모음일지도 모르겠다. 떠나는 나에게 여행은 빼곡하게도 이렇게 재촉한다.

차가운 마음으로
오늘을 보지 마라.

차가운 시선으로
사람을 보지 마라.

뒤틀어진 마음과 시선을 교정받자,
이런 마음이 샘솟는다.

"빼곡하게 행복하고 싶다."

어떤 것을 시도할 용기조차 없다면 인생이 무슨 의미가 있겠는가?

빈센트 반 고흐

✎ *008*

겨울을 그리 좋아하지 않지만
그 계절 안에서 가장 설레는 장소는 바다다.
겨울이 오면 한 번은 꼭 바다를 찾는다.

지난겨울에도 어김없이 바다를 찾았다. 그리고 바다를 보고 또 봤다. 모자와 장갑, 긴 패딩으로 중무장한 채 '하루 종일 바다만 바라봐도 좋겠다' 싶었지만, 겨울 추위는 그 마음을 금세 포기하게 만들었다.

    푸른 바다가 검은 바위에 하얗게 다가와 부딪힘을 반복했다. 두려움이 없는 물살일수록 더 멋진 파도를 만들어 냈다. 어쩌면 바다가, 겨울 바다가 좋은 이유는 살아냄의 생생함을 끊임없이 보여주기 때문이리라.

    겨울 바다는 무거운 생각들을 버리기 최적의 장소이기도 하다. 하나둘, 크고 작은 기억을 바다에 버리고 나면 제법 다시 시작할 수 있을 것 같은 용기를 얻기도 한다. 그리고 바다 앞에서, 다음 계절을 다짐한다.

    지나간다는 말보다는,
    시작한다는 말로,
    도전한다는 말로,
    대신하고 싶다.

지금 주어진 일에 온 정신을
집중하라. 태양 빛도 초점이
맞아야 사물을 태울 수 있다.

알렉산더 그레이엄 벨

009

나는 네가,

나는 내가,

작은 온기에도

작은 희망에도

작은 응원에도

살고 싶어졌으면 좋겠다.

이제는 조금 멀게 느껴지는 어느 계절. 나에겐 참 살고 싶었던 계절이 있었다. 잠에서 깨어나자마자 다시 시작되는 통증에 아침마다 눈을 뜨는 것조차 두려웠던 날이었지만, 그 계절에는 살고 싶었다. 하지만 그 계절, 나를 살고 싶게 만든 것들은 참 사소한 것들이었다.

사랑하는 사람의 온기와
내일에 대한 희망과 소중한 인연들의 응원.
작지만 빛나고, 사소하지만 찬란했던.

시간은 그 기억마저 흐릿하게 만든다. 다시 시간이 넉넉할 거라는 착각은 오만을 만들고, 그 오만은 무기력을, 무기력은 감사마저 희미하게 만들었다. 결국 다시 지쳤고, 결국 다시 놓치고 있지만, 그것도 결국 나였다. 그리고 잃어버린 나를 위해 다시 기도한다.

나는 내가,
작으면 작을수록
사소하면 사소할수록
살고 싶어지게 만드는 이유로,

삶을 견고하게 완성해 나가기를
소망하고 희망하며 응원하고 기도한다.

바다는 작은 물방울들이 모
여 이루어진다.

마더 테레사

010

삶에서
사소한 문제란 없다.

삶에서
사소한 상처란 없다.

삶에서
사소한 시간이란 없다.

찰스 커트니 커란 │ 〈Lotus Lilies〉, 1888

자신의 능력을 믿어야 한다.
그리고 끝까지 굳세게 밀고
나가라.

로잘린 카터

011

어떤 이는 변했다고 했고,
어떤 이는 예전이 그립다 했다.

하지만 솔직하게 말해
변한 것이 아니라,
이것이 나일지도.

솔직한 마음으로
살려고 하면 할수록

나라서 행복한 날보다
나라서 미안한 날이
더 많았다.

그래서 나는,
더 자주 묻는다.

－오늘, 나를 위해 정성을 다해 지냈니?
－사랑하는 사람을 사랑하는 것처럼 나를 사랑해 줬니?
－나를 아프게 하는 것들과 용기 있게 작별하며 보냈니?
－나의 시간을 누군가를 미워하며 낭비하지는 않았니?
－슬픈 마음을 조용히 정리하며 비우는 시간은 가졌니?

　세상에서 나를 지켜낸다는 것이 점점 어렵다. 삶은 물음
표투성이고, 답을 찾기는 늘 사막에서 바늘 찾기처럼 어렵
다. 하지만 세상이 어렵게 느껴질수록 내가 나를 지키는
방법도 늘어나야 한다. 나에게 끊임없이 질문하며 삶의 빈
칸을 채우고 자신을 믿어야 한다.

나를 지켜낸다는 것은

답을 찾는 것이 아니라

감히 마음 하나를 이해하려 노력해 보는 것.

절대 어제를 후회하지 마라.
인생은 오늘의 내 안에 있고,
내일은 스스로 만드는 것이다.

L. 론 허바드

012

나는,
겁이 많고 부족하며,
한없이 형편없는 사람이다.

하지만 그럼에도
용기를 내어 채워나가고,
용기를 내어 비워가며 살고 싶다.

어떤 날은,

용기를 방패 삼아
앞으로 나아가고 싶지만
유독 힘에 부친다.

마음이 번지는 자리,
상처로 그늘진 자리가
시린 날이 있다.

세상은 버티라고 하지만,
작게라도 나아가라 하지만,

마음속 짙게 들어찬 그늘 속에
주저앉아 아픔을 곱씹게 되는 날이 있다.

짙게 자리한 그늘을 걷어내고 싶었지만
그러면 그럴수록 그늘은 짙어졌다.

어느 날 갑자기,
삶에 오기가 생기기 시작했다.

세상과 혹은 나 자신과
매일 전쟁을 치러가며 받아들이기로 했다.
마음속 그늘을 인정하기로 했다.

그리고 매일 저물지만
다시 떠오르는 태양처럼 살기로 했다.

마음속 그늘을 아예 걷어낼 수는 없지만,
작게 만들어야겠다고 생각했다.

계단 전체를 볼 필요는 없다.
그냥 첫발만 내딛어라.

마틴 루터 킹

🖋 013

상처를 아픔으로 남기면 흉터로만 남지만,
상처를 경험으로 남기면 선물로도 남는다.

당신의 상처를 이해한다고 하는 것이 아니다.

다만 나는,

그 상처를 흉터로만 남기지 않았으면 좋겠다.
돌아보면 분명 끔찍한 경험일 수도 있겠지만,

먼 훗날 무언가를 가늠하는 좋은 기준으로,
선물로도 기억되었으면 좋겠다.

그래서 그 상처의 흉터에 갇히지 않고,
당당하게 앞으로 첫발을 내딛었으면 좋겠다.

인간을 지배하는 것은 운명이 아니라 자신의 마음이다.

프랭클린 D. 루스벨트

014

언젠가부터 '나이' 앞에
의기소침해지는 나를 발견했다.

"나이 드는 게 뭐 대수야?"

큰 소리로 늘 호언장담했지만,
매일매일 시간의 흐름이 무겁게 다가왔다.

나이가 든다는 것은

꽤 괜찮은 어른이 되어야 한다는 말인데,
나는 실제 그러하지를 못했다.

나이가 들수록 겁만 많아지고,
나이가 들수록 변명만 그럴듯해졌다.

마음은 내 것이었지만
내 마음대로 되지 않았고
늘 숨기고 싶은 것이기도 했다.

나이 듦을 사랑할 용기를 얻기까지
꽤 많은 시간이 걸렸다.

그리고 나는 언젠가부터
장래 희망이란 빈칸에,
"밝게 웃을 수 있는 노인"이라 적었다.

행복한 삶을 살기 위해 필요한 것은 거의 없다.

마르쿠스 아우렐리우스

015

하루를 무너트리는 것은,
행복을 쫓는 마음이라는 것을 알았다.

무엇보다 행복의 목표가
'누군가에게 인정받기 위함'이라던가,
'무조건 행복하기 위함'이라면
'행복'은커녕
마음속에 더 큰 우울만 찾아온다는 것을
많이 슬프고서야 알게 됐다.

잘 살고자 하는 마음보다 중요한 것은,
내게 열린 하루의 시간을
빼곡하게 잘 채워가는 것.

그것이 오늘 어떤 모습으로 왔든
그 과정을 잘 지켜보는 것.

행복은 쫓는 것이 아니라,
따라오게 해야 한다는 것을
이제는 안다.

미래는 자신의 꿈이 아름답 다고 믿는 이들의 몫이다.

엘리너 루스벨트

🖋 016

지난봄은,
생각보다 일찍 피어났다.
노랗게, 분홍빛으로 봄이 일찍 피어났다.

꽃이 일찍 핀 탓일까.
마음이 계절을 따라가지 못했다.

그래서인지 다른 봄과 달리
봄꽃 앞에서도 심드렁했다.

내 마음의 온도를 아는지 모르는지,
그렇게 봄은 다시 피어났다.

피어난 봄은 지칠 줄을 몰랐다.
마음도 그러할 거라 믿는다.

느린 걸음일 수는 있지만,
반드시 피어날 거라고 믿는다.
봄이 다시 피어났듯.

중요한 것은 사랑받는 것이 아니라 사랑하는 것이다.

윌리엄 서머셋 모음

✍ 017

현재에는 존재하지 않기에 더 아련해지는 존재가 있다. 매년 4월이 시작되는 첫날은 어김없이 아주 먼 기억 속에 한 사람이 소환된다. 꽤 오래된 기억이고, 그 감정의 아련함이 정확히 기억나진 않지만, 사람들은 그런 기억을 "첫사랑"이라 부른다.

생각해 보면, 그 당시 시골 소녀가 할 수 있는 것이라곤 그리 많지 않았다. 엄마를 조르고 졸라 비디오테이프를 빌리는 일, 몇 날 며칠 모아둔 용돈으로 카세트테이프를 사서 테이프가 늘어지도록 듣고 또 듣는 일, 그도 아니면 어찌어찌 알게 된 광고 시간에 맞춰 TV 앞에서 목을 늘어트리면서 기다리는 일 정도.

여하튼 나의 소녀 시절 한 페이지를 멋지게 장식해 준 이름, '장국영'. 난 이제 그가 세상을 떠난 나이 정도가 됐다. 가끔은 그가 그립기도 하고, 때로는 그의 이름을 추억하기도 한다. 그의 영화 속 대사처럼 "당신 덕분에 난 항상 이 순간을 기억"하게 됐다.

4월이 되면 나는 어린 시절의 나처럼 그의 음악을 꺼내 자주 듣는다. 그리고 잠시 삶에서, 내 나이에서 벗어나 그 시절의 애틋함과 아련함을 기억한다.

삶에서 가끔은 그런 시간이 필요한 것 같다. 영화 〈아비정전〉에 나오는 "발 없는 새"처럼 삶을 오롯이 바람에 맡겨야 하는 시간이 필요하다. 가끔은 한 사람 덕분에 행복하고, 한 사람 목소리로 다시 계절을 보게 되는 날이 꼭 필요하다.

찰스 커트니 커란 | 〈Shadows〉, 1883

삶은 사람의 용기에 비례해 넓
어지거나 줄어든다.

아나이스 닌

018

물론
완벽하지 않았을 거야.

일상 속 많은 일들이 힘에 부치고,
매일매일이 전쟁 같았을지도.

혹은 수많은 관계에 짓눌려
매일 다치고, 자책했을지도.

아니면, 이미 그런 일상에 길들여져
힘든 것도, 아픈 것도 모르고 지내고 있을지도.

삶은 분명 계속 나아가야 하는 길도 맞지만,
때로는 뒤도 돌아보고, 목도 축이고
지친 몸을 다독이면서 가야 해.

그러니 잊지 마.

이미 충분해.

완벽하지 않은 오늘도,
완전하지 않았던 어제도,
완성되지 않을 내일도.

성공하고자 하는 자는 길을
찾을 것이고, 그렇지 않은 자
는 변명을 구할 것이다.

레오 아길라

019

하루가 단순할수록
마음도 단순해진다.

점점 삶의 단순함에 마음이 끌린다.

단순하다는 것은,
다정하다는 의미.

그렇게 언젠가부터 삶이 단순해졌다.

그 단순함에 숨이 막히기도 하지만
그 단순함에 숨을 쉬기도 한다.

삶의 단순함에는 여러 이유가 있지만
요즘 나의 단순함은 다정함이다.

희망은 단지 행동하겠다는 선택이다.

안나 라페

✍ 020

희망은 절망과, 행복은 불행과, 기쁨은 슬픔과 연결되어 있다고 한다. '무슨 말도 안 되는 말이냐?' 싶었던 그 의미를 이제는 어렴풋이 알 것도 같다. 절대 의미를 함께할 수 없을 것만 같은 상극의 상황들이 연결되어 있다고 생각하니 어느 날은 문득 더 슬퍼졌다.

길어진 장마 탓인지, 텅 비어 있던 마음에 무거운 그림자가 하나둘 자리를 잡았다. '나'라는 인간은 워낙 비겁하므로 생각보다 자주 누군가의 눈물과, 누군가의 슬픔과,

누군가의 절망에 눈을 감기 일쑤였다. '나만 아니면 돼'라는 식의 뒤틀린 변명이 늘 순간순간의 비겁함에 기름을 부었다. 그 여름은 유독 슬픈 뉴스들이 쏟아지는 계절이었다. 보지 않으려 눈을 감아도 그 계절에는 눈이 감기지 않았다.

문득 슬픔이 찾아왔다.

타인의 고통을 자신의 일과 같이 이해한다는 것은 불가능하다. 하지만 타인의 고통을 이해하는 것이 삶의 이유가 될 필요는 있다고 생각하기 시작했다. 타인을 이해함에 있어 거창한 의미나 거대한 범위를 두지 않을 생각이다. 내가 이해해야 하는 타인은 생각보다 멀리 있지 않다.

전화를 들어 부모님께 안부 전화를 한다. 그리고 수다쟁이가 되어 본다. 재잘재잘, 나답지 않게 쓸데없는 하루의 일과를 두서없이 이야기한다. 사랑하는 사람에게는 조금 더 다정한 말투로 하루의 일을 묻는다. 그리고 함께 걷는다. 한 걸음, 두 걸음 보폭을 맞추며. 아직도 용서하지 못한 사람들의 이름은 핸드폰에서 삭제한다. 내 '용서'가 뭐가 그렇게까지 중요한 것일까 싶었기 때문이다. 서로에게 완전히 잊혀 자신의 방식으로 잘 살아가면 될 일이지 않겠는가.

조금도 나답지 않게, 아니 어쩌면 나다운 모습으로 하루를 마무리한다. 슬픔은 문득 찾아와 마음에 빗장을 풀게 만든다. 슬픔이 아직 기쁨일 수는 없지만 그렇게 다시 내일을 바라보게 한다. '괜찮아' 혹은 '괜찮지 않으면 또 어쩔 건데'라는 생각을 마음에 심으며.

하지만 이 글을 읽는 이들은 모두 잠시나마 괜찮기를 바란다. 그 괜찮음이 마음에 있어도 좋고, 저녁에 있어도 좋고, 내일에 있어도 좋고, 먼 미래에 있어도 좋다. 비가 오면 우산을 쓰고서라도, 눈이 오면 두툼한 옷을 입고서라도 살아내야 하는 것이 삶이므로. 지금 당신이 하는 그것이 맞는 거라고 꼭 말해주고 싶다.

4장

느리고 다정하게? 물음표

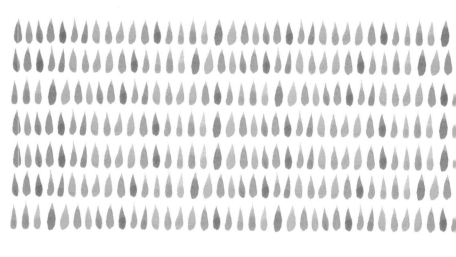

새벽의 어둠을 뚫고 수많은 물음표가 불면의 밤에 기름을 부었다. 하지만 새벽의 문장들은 대부분 쓸 수 없는 문장이었다. 쓸 수 없는 다정하지 않은 마음은, 마음 깊숙이 희망까지 녹여낸다. 희망이 완전히 녹아 마음까지 완전히 녹여버리기 전에 답을 해야 했다. 수많은 물음표가 던진 삶 속 질문에, 그 누구보다 다정하게.

윈슬로 호머 〈Moonlight〉, 1874

겨울이 없다면 봄이 그리 즐
겁지 않을 것이다. 고난을 맛
보지 않으면 성공이 반갑지
않을 것이다.

앤 브레드스트리트

✎ 001

삶의 빈칸은 과거에도 있었고,
현재에도 있으며, 미래에도 있을 것이다.

삶에 빈칸이 많다는 건,
채워야 할 삶에 울림의 자리가
깊고 넓으며 방대하다는 뜻이기도 하다.

시간은 인생의 동전이다. 시간은 당신이 가진 유일한 동전이고, 그 동전을 어디에 쓸지는 당신만이 결정할 수 있다.

칼 샌드버그

🖋 002

봄의 용기와
여름의 열정과
가을의 위로와
겨울의 인내를

알게 되면
알게 될수록,

나는,

어제의 눈물에서

어제의 무너짐에서

어제의 휘청거림에서

다시 태어나고 싶어진다.

자신을 사랑하는 법을 아는 것이 가장 위대한 사랑이다.

마이클 매서

✎ *003*

계절이 깊어질수록 볕이 책상 위에 깊숙이 자리 잡는다. '안녕, 오늘은 어떤 마음을 쓰고 있어?' 볕이 말을 건다. 답을 할 수 없는 날이었다. 꽤 우울한 날이었고, 나를 의심하고 질책하면서도 아무것도 할 수 없는 날이었다. 하지만 기어이 볕은 나를 움직이게 만들었다. '그러지 말고, 연필을 들어, 마음을 써 봐.' 메모지 꾹꾹 마음 도장을 찍는다.

 ─내일 나는, 오늘을 후회하지 않을까?
 ─오늘의 선택을 일 년 후에 후회하지 않을까?

−일상에 갇혀 있지는 않았을까?

항상 나는 그랬다. 밤하늘의 별을 동경하지만 밤하늘을
찾아보진 못했고, 마음을 나누고 싶었지만 사람들 틈에서
금세 지쳐갔다. 동경하는 삶을 산다는 건 나 자신을 용기
있게 대하는 방식일지도 모르겠다. 그 용기 위로, 매일 묻
고 답하며 비우고 채우는 "질문의 재발견"의 연속일지도
모른다.

시간은 우리를 변화시키지 않는다. 단지 우리를 펼쳐 보일 뿐이다.

막스 프리쉬

004

나는

용기가 없어도 단단하게 살고 싶고,

친구가 없어도 외로움을 즐기며 살고 싶다.

달을 향해 쏴라. 설령 빗나간 다 해도 별들 중에 착륙할 것 이다.

레스브라운

✎ 005

좋은 생각은
좋은 내일을 만들고,

멋진 마음은
멋진 관계를 만든다.

허술하고 덜렁거리는 성격 탓에, 겨울이 되면 장갑 한 짝을 종종 잃어버렸다. 그렇게 짝을 잃은 장갑 한 쪽만 덩그러니 내 곁에 남겨졌다. 한 해를 정리하며 별생각 없이 모아둔 장갑을 버려야 할까 싶었지만 그러지 못했다. 내 잘못으로 짝을 잃은 녀석들에게 미안해서 도저히 그럴 수 없었다.

짝이 되어야 완성되는 것들이 있다. 모양이 똑 닮은 장갑이 그렇고, 신발과 양말이 그렇고, 연인의 손에 깊숙이 자리한 커플링이 그렇다. 세상에는 짝이 되어야 비로소 완성되는 것들이 있다.

좋은 생각과 멋진 마음도 그러했으면 좋겠다.
좋은 생각은 좋은 내일과 짝이 되고,
멋진 마음은 멋진 관계와 짝이 되어,
모든 이의 내일이 단단하게 행복했으면 좋겠다.

단연코 인생이 주는 최고의 상은 할 만한 가치가 있는 일에서 온 힘을 다할 기회다.

시어도어 루스벨트

006

"오늘을 살아가세요. 눈이 부시게."

배우 김혜자 선생님의 수상 소감에 눈물이 났다. 짧은 한마디 소감에 부끄러움과 슬픔이 한꺼번에 몰려왔다. 늘 살아내면 살아진다고 호언장담했지만 살아내는 게 만만할 리 없었다. 삶은 찬란한 것이라고 단언했지만, 삶은 찬란한 날보다 먹구름 드리운 날이 더 많았다. 삶은 다 그런 거라고, 시련에도 이유가 있는 거라고, 시간이 필요할 뿐이라고 조악한 위로를 일삼았다.

뿌리 없는 나무처럼 믿음 없는 위로를 남발하자 일상이 송두리째 뽑혀 나갔다. 더 무서웠던 건 송두리째 뽑힌 내 삶을 보면서도 아무것도 할 수 없었다는 것이다. 어느 날은 시간에 치이고, 어느 날은 마음에 찔리고, 어느 날은 무기력함에 젖어 들었다. 이리 밟히고 저리 치이는 매일매일을 마주했지만 어찌할 도리가 없었다. 길을 잃고 헤매는 차가운 마음에 온기를 불어넣어 준 것은 다름 아닌 문장이었다.

　'나는 앞으로 몇 번의 보름달을 볼 수 있을까.'

　음악을 잘 알지 못하는 나였지만, 예술가 류이치 사카모토의 유고작 제목에 가슴이 떨렸다. 정말 오래간만에 가슴이 뛰었다. 생각해 보면 나는 언제나 삶의 마지막 순간이 깃든 예술가들의 유고작을 존경했다. 죽음을 앞둔 사람들의 생각과 문장은 늘 진실했다.

　길을 잃은 여행자가 지도라도 찾은 듯, 예술가의 음악을 찾고 조용히 플레이한다. 이상할 정도로 느리고 잔잔하게 흐르는 피아노 선율이, 마음 깊숙이 숨어 있던 감정의 조각들을 발견한다. 처음엔 슬픔이었다. 그 뒤로는 연민과 불안이, 그 뒤로는 미세하게 숨죽여 있던 삶에 대한 열망과 잘 살고 싶다는 마음이 발견된다.

결국은 삶에 대한 열망이었다. 잘 살고 싶다는 열망이 너무 커진 나머지 욕심을 부렸다. 부풀려진 욕심 앞에 삶의 많은 것들이 뒤틀리고 왜곡됐다. 왜곡된 마음이 조금씩 제자리를 찾자, 마음에 다시 긍정의 씨앗이 뿌려졌다. 그리고 내게 이렇게 주문한다.

삶은 발견이다.
삶은 결국 발견하는 사람들의 몫이다.

오늘 길을 잃었더라도 괜찮다.
다만 지난 슬픔에 이름을 붙여,
아픔의 길을 혼자 가려 하지 마라.

길 위에서 만나는 사소한 것들에 귀를 기울여라.
그것이 바람이어도 좋고, 달빛이어도 좋고,
음악이어도 좋고, 문장이어도 좋다.

닫혀 있기만 한 책은 블록일 뿐이다.

토마스 풀러

✒ 007

달라지고 싶었지만 언제나 달라질 수 없었고,
변화하고 싶었지만 언제나 같은 모습이었다.

달라진다는 것은 무엇일까?

생활 패턴을 완전히 바꾸고,
지금껏 가지 않은 길을 가는 것?

지금까지의 결론을 말하자면,

그것은 달라지는 것이 아니었다.

달라진다는 것은
나답게 사는 것이 아니라,
어른답게 사는 것이다.

내 생각과 말이 틀릴 수 있다 인정하는 것이며,
내 믿음과 행동도 틀릴 수 있음을 받아들이는 것이다.

지붕은 햇빛이 밝을 때 수리
해야 한다.

존 F. 케네디

✎ 008

답은 수두룩해도
질문은 하기 힘든
날이 있다.

　해야 할 일들, 하면 반드시 좋은 일들을 알면서도 하기
힘든 날이 있다. 그렇게 매일 해야 했던 일과 알면서도 하
지 않은 일들, 나와 지키지 못한 약속들이 쌓아간다. 매번
틀어지는 나와의 약속을 바라보며 하루를 시작하고, 하루
를 닫는다.

두서없이 정해둔 일들은 많은데. 질문조차 만들기 힘든 날. 혹은 답은 정해져 있는데 질문을 던지는 날. 자신의 삶을 스스로 망치기로 작정하지 않았다면, 조용히 천천히, 하지만 그만큼 느리고 다정하게 자신을 돌아봐야 하는 시간이 있다.

견디기 힘든 것일수록 아름
다운 추억이 된다.

✒ 009

어느 날은

마음에 독이 가득 들어찬 듯
살기가 느껴지는 날이 있다.

그런 날은 독한 마음에
마음이 무너지고,
하루가 쓰러진다.

참 아이러니한 일이었다.

그런 날, 펜 끝에선 어김없이
빛의 문장들이 피어났다.

변화에서 가장 힘든 것은 새
로운 것을 생각해 내는 것이
아니라 이전에 가지고 있던
틀에서 벗어나는 것이다.

존 메이너드 케인스

🖋 010

백 번의 흔들림이 있었던 사람에게는
백 번의 오답 노트가 존재하고,
천 번의 흔들림이 있었던 사람에게는
천 번의 방법이 있다.

삶이란, 무너지는 순간이 아무리 많아도
또 그렇게 매일 기회를 열어
실패와 함께 공존하는 법을 알려준다.

삶은

또 그렇게

길을 찾아내고,

방법을 알려준다.

오랫동안 꿈을 그리는 사람은 마침내 그 꿈을 닮아간다.

앙드레 말로

✒ 011

'삶에서 감정을 없앤다면 사는 게 조금은 쉬워질까?' 답을 알 수 없는 상념들이 머리와 가슴에 흘러넘칠 때였다. AI(인공지능)가 쓴 책이 출간되었다는 소식을 들었다. 세상이 하루가 다르게 변하는구나 싶다가도 '글을 쓴다는 것'에 대한 회의가 들었다.

때아닌 회의가 길어지자 마음에 들불처럼 일어나는 감정들을, 글로 단 한 자도 옮길 수가 없게 됐다. 아무리 시간을 들이고, 달래고 얼러봐도 머릿속 생각이 손가락 끝에서

맴돌 뿐 밖으로 나오질 않았다. 한심한 생각에까지 이르자 마음 하나가 제동을 건다.

　아무것도 하지 않고는
　아무것도 완성할 수 없다.

　무엇이라도 해야 하는 날이 있다. 그런 날에는 첫 마음을 생각하려 노력한다. 누구에게나 첫 마음이 머문 자리가 있다. 꿈이 시작된 자리, 꿈이 이어지는 자리, 꿈이 번지는 자리.

　나의 꿈은 오래도록 쓰지 않아 낡고 녹이 슬어버린 펌프와 같았다. 마중물을 부어 한 번, 두 번, 세 번, 네 번, 다섯 번… 펌프질을 하여 기어이 물을 끌어올리는 마음으로, 책상 앞에 앉아 문장에 말을 건다. 늘, 매일, 항상 어렵기도 하고, 아주 가끔은 설레기도 하는 마음으로 책상 앞에 앉아 연필을 뽑아 든다. 연필 끝에서 꿈이 완성되기를 바라는 마음으로.

　당신의 꿈도 그러하기를 빈다.
　건투를 빈다.

프레드릭 차일드 하삼 | 〈Summer Evening〉, 1886

나는 살아야 할 유일한 이유
가 살아 있음을 즐기는 것이
라는 것을 알았다.

리타 메이 브라운

✒ 012

오늘부터 벼르고 벼른다.

"행복이 내게 오지 않으면
내가 행복으로 가자."

당신이 변하면 모든 것이 변한다.

짐 론

✦ 013

줄곧 희망의 힘을 믿는다고 했지만

가끔은 '그것이 허상일지 모르겠다'
생각하기도 한다.

하지만 그럼에도 다시
이러한 글을 쓰는 이유는 간단하다.

희망은 분명 답을 주지 않지만,

다시 일어설 수 있는 힘은 준다.

충전을 해주진 못해도
배터리와 전력을 연결해 주는
핸드폰 충전기 정도의 역할은 해준다.

그리고 나는 그런 삶을
내 스스로가 증거가 되어
증명하면서 살고 싶다.

확실히 믿으려면 먼저 의심 해야 한다.

스타니슬라브 레친스키

✒ 014

매일 제자리걸음 중이다.
아니 정확하게는 후퇴 중일지도 모르겠다.

요즘의 내 삶을 채우는 단어들은,
불안과 후회와 비교와 허무와 포기.

문득 '나는 어떤 문장이 어울리는 사람일까' 질문을 던
졌지만, 정말 가혹하고 냉혹한 문장과 단어들이 '나'라는
사람 뒤로 따라붙었다. 아픈 일이었다. 하지만 아프다는

이유로 포기하고 싶지는 않았다. 결국 타협하다가 내려놓
으면서 사는 습관을 고치고 싶다는 생각이 들었다.

내려놓는 것에 익숙해지지 말고,
내다보면서 살고 싶어졌다.

설령 지금은 잔인한 문장들이 내 뒤를 따르고 있지만,
또 어떤 날은 앞으로 조금씩 나아가는 내가 될 테니까.

지금은 조금 지쳤지만, 내일은 당당한 내가 될 테니까.

내 마음이지만,
그 마음 하나 어찌 못하는 시간이 버겁지만
그래도 그것 역시
나아가고 싶은 마음이라 이해하면서 살고 싶다.

내려놓는다는 말보다
내다본다는 말이
중심이 되는 삶을 살고 싶다.

인생이 끝날까 두려워하지
마라. 당신의 인생이 시작조
차 하지 않을 수 있음을 두려
워하라.

그레이스 한센

015

늘 근사하고 멋지게 살고 싶었으나
늘 바람에 그쳤습니다.

그 바람은, 정말 늘 바람 같았습니다.
그러나 바람처럼 사라질 바람이지만
꼭 그렇게 살고 싶어졌습니다.

20대를 지나, 30대를 거쳐, 40대가 돼서야
그 바람이 바람 같았던 이유를 알게 되었습니다.

'근사함'과 '멋짐'의 기준이 항상 타인에게 있었습니다.

내가 인정할 수 있는 진짜 나의 '근사함'과 '멋짐'은 무엇일까요? 생각해 본 적이 없다는걸, 이 나이가 돼서야 알게 되었습니다.

아직 그 답을 알지 못하지만,
그런 날은 더더욱
문장으로라도
이해받고 싶습니다.

그리고 그런 날에는 다짐이 하나둘 늘어갑니다.

—지난 계절의 묵은 감정은 가져가지 않기
—오늘의 상처와 피로는 오늘 모두 털어내기
—누군가의 불행을 행복으로 여기며 살지 않기
—어제의 선택을 존중하고 내일을 정성껏 계획하기
—나쁜 습관과는 작별하고 좋은 습관으로 하루를 채우기

사랑의 첫 번째 의무는 상대
방에게 귀 기울이는 것이다.

폴 틸러히

✒ 016

    사랑은 언제나 어렵습니다. 만약 몇 년 전 누군가 제게
사랑을 물었다면, 저는 "모릅니다"라고 답했을 것입니다.
사랑을 생각하면, 언제나 지도도 없이 보물을 찾으러 나서
는 무모한 모험가가 떠오릅니다.

    저에게도 20년 가까이 사랑의 온기를 나누는 이가 있습
니다. 하지만 늘 사랑하기만 한 것은 아닙니다. 때로는 사
랑했지만, 가끔은 죽도록 밉기도 했습니다.

한 사람을 온전히 이해하기 위해 많은 것을 양보해야 했습니다. 그리고 그것은 그에게도 고행이었을 것입니다.

　서로의 고행이 그나마 잦아들 수 있었던 건,
　한 가지 약속 때문입니다.

　"상대방의 시선으로 서로를 바라볼 것!"

　쉽게 이야기하자면, 이런 겁니다. 치약을 사용하면서도 바로 뒤에 사용할 상대방의 시선으로 치약을 정리하는 것. 처음에는 아주 사소한 것들이었지만 하나둘, 사소한 것들이 쌓이다 보니 한 사람의 마음이 보이기 시작했습니다. 한 사람을 그 사람의 시선으로 보고, 이해하려 노력하자 그 사람의 마음을 오해하는 경우를 줄일 수 있었습니다.

　저에게 사랑은, 제가 머물다 지나간 자리에서도 편안하게 머무를 수 있는 "한 사람의 마음"입니다. 이제 다시 누군가 제게 사랑을 묻는다면, "사랑은 변해가는 것"이라 답하고 싶습니다. 변해가는 사랑도 이해할 수 있으면 좋겠다고 말해주고 싶습니다.

빈센트 반 고흐 〈Irises〉, 1889

한때 자신을 미소 짓게 만들었던 것에 대해 절대 후회하지 마라.

엠버 데커스

✒ 017

종교를 가지면서 달라진 점이 있다면 기도하는 시간이 생겼다는 겁니다. 하루에 30분, 온전히 저만의 목소리에 집중할 수 있는 시간입니다.

툭―, 3년을 함께 한 묵주가 끊어졌습니다.

처음 묵주를 잃었을 때는 묘한 상실감을 느꼈죠. 하지만 아무리 귀하게 묵주를 대해도 끊어지는 시기를 늦출 뿐. 묵주가 끊어지는 것을 막을 수는 없었습니다.

이번 묵주에 더욱 마음이 갔던 이유는, 어둡고 긴 밤을 보내는 저에게 항상 좋은 친구가 되어주었던 묵주였기 때문입니다. 어느 밤이었을까요? 아마도 꽤 긴 밤을 보내고 있었을 것입니다. 더듬더듬, 마치 습관처럼 침대 머리맡을 뒤져 묵주를 찾습니다. 그렇게 3년을 함께 한 묵주였습니다. 나이가 들면 헤어지는 일이 하나라도 쉬워질 줄 알았는데, 나이가 들수록 아주 사소한 이별에도 아쉬운 마음이 큽니다.

하지만 이번 이별부터 의미를 새롭게 붙여보기로 했습니다. 묵주가 끊어질 때마다 소원이 하나씩 이루어진다 생각하기로 마음먹었습니다. 또 하나의 묵주와 이별하던 아침, 조용히 소원을 빌어봅니다.

'길을 잃더라도, 제가 저를 잃지 않고, 잘 이겨낼 수 있는 지혜와 용기를 주세요.'

그리고 다음 소원을 생각하기 시작합니다. 아마 그 소원은 사랑하는 이의 몫일 겁니다. 저는 이렇게 일상의 이별에, 소망을 담아내기 시작했습니다. 한 번, 두 번, 이별과

익숙해질 즈음이 되면 삶도 조금은 가벼워졌으면 좋겠습니다. 그 이별이 아름다움이든, 상실이든, 미련이든, 후회든, 상처든, 이별이 어떤 이름으로 오더라도 미소를 지으며 떠나보내고 싶어졌기 때문입니다.

성숙하다는 것은 다가오는 모든 새로운 위기를 피하지 않고 마주한다는 것을 의미한다.

프리츠 쿤켈

_018

'난 과연 어른이 된 걸까?'

꽤 자주 철없는 저를 발견하곤 합니다. 하지만 아이와 같은 마음으로 세상을 보진 못하죠. 슬픈 일입니다. 하지만 지금도 변함없는 생각이 있습니다. 아니, 그것은 정확히 다짐입니다.

내일이, 오늘보다 나아질 거라는 기대.
내일이, 오늘보다 나아져야 한다는 격려.

내일이, 오늘보다 나아가야 한다는 사명.

오늘은 분명 잘 살아내지 못하는 어른이어도
내일은 반드시 잘 살아내겠다고 다짐합니다.

그리고 그 약속을 꼭 지키면서 살아내고 싶습니다.
어른답게, 어른스럽게!

당신 자신을 믿어라. 그러면
그 무엇도 당신을 막지 못할
것이다.

에밀리 과이

🖋 019

빗줄기가 좋아서
한참을 빗속에 서 있었다.

차가운 빗줄기에 마음이 녹았다.
그렇게 녹아내린 마음으로.

'다시 사랑하며 살겠구나.'
'다시 웃으면서 살겠구나.'

마음에서, 마음을 놓았다.

그러자 마음이 놓였다.

차가운 빗줄기가 옷자락을 적시는데도

마음이 스르르 녹아내렸다.

녹아내린 마음이,

다시 마음에 불씨를 놓았다.

미래가 과거의 인질이 되게
하지 마라.

닐 A. 맥스웰

✎ 020

삶이 나를 타박해도,
타인이 나를 모욕해도,
사람이 나를 포기해도,
사랑이 나를 밀어내도,
세상이 나를 외면해도,

견뎌내야 한다.
버텨내야 한다.
살아내야 한다.

나아가야 한다.

삶은 그렇게 다시
아무렇지 않은 모습으로
피어날 테니.

5장

"느리고 나답게"

나는 언제나 느린 사람이다. 어쩌면 그 느림이 곧 나다움인지도 모르겠다 싶었지만 그러면서도 언젠가부터 사람들에게 나의 느림을 변명하기에 급급했다. 어느 날 갑자기 그런 내가 너무 아팠다. 그래서 이제 굳이 나의 느림을, 나의 마음을 이해받으려 노력하지 않는다. 누군가의 이해보다는 이렇게 물으며 살기로 했다. '나는 무엇으로 나다워지는가?'

클로드 모네 | 〈Woman with a Parasol〉, 1875

감정은 기억이다

001

　매일 먹는 음식을 비우려 화장실로 달려가듯, 마음에 쌓인 감정도 습관적으로라도 매일 비워내야 하는 것은 어쩌면 당연한 이치다. 하지만 비워낸다고 해도 기억까지 완벽하게 지워낼 수는 없었다. 감정도 그랬다. 감정은 기억이었다.

　뉴욕 그라운드 제로, 9.11 메모리얼 벽에 이런 문구가 적혀 있다

아픈 시간의 기억처럼, 마음 깊이 터를 잡고 아무리 지우려 해도 지울 수 없는 감정도 있었다. 뉴욕의 지울 수 없는 시간, 9.11 테러처럼 절대 일어나면 안 되는 일들이 삶에서도 종종 일어났다. 하지만 절대 비울 수도, 지울 수도 없는 감정을 끌어안고 살아야 했다. 누군가를 잃고, 누군가를 잊고, 혹은 지난 선택 때문에 후회하고 포기하면서 다시 살아야 했다.

그런 날은 애써 감정을 비우려 하지 않는다. 오히려 비워야 하는 감정에 색을 입히기로 했다. 살면서 내게 이뤄졌으면 하는 희망 사항을 빼곡하게 적으며 살아보기로 했다.

－하고 싶은 일은 하면서 행복하게 살기
－좋은 사람들을 위해 기도하면서 살기
－착하지만 아프지 않게 살기
－잊고 잊히며 가볍게 살기
－바르게 버텨내면서 살기

기준이 되어야하는 기준

✎ 002

기분이 습관이 되지 않길

습관이 이유가 되지 않길

이유가 존재가 되지 않길

존재가 자세가 되지 않길

아플 때마다 확실해지는 것

누군가 던진 돌에 아프지 말자.
네 마음을 작은 개구리로 만들지 말자.

잘 사는 방법

✒ 004

백 권의 좋은 책이 있어도
마음에 들이지 못하면 시간 낭비고,

백 명의 좋은 친구가 있어도
마음을 나누지 못하면 인생 낭비다.

결국 잘 산다는 것은
낭비를 더 이상 낭비하지 않는 것.

구스타프 클림트 | 〈Portrait of Helene Klimt〉, 1898

용기의 존재

005

'강함'이 나를 지켜주는 것이 아니라
버려야 할 것을 버릴 줄 아는 용기가
결국 나를 지키는 것이었다.

그리고 나를 지키는 용기는
밖에 있지 않고,
내 안에 있다.

좋은 방향 나침반

✒ 006

어떤 말은 가시가 되지만,
어떤 말은 가장 빛나는 별이 되어
가슴에 길을 만든다.

오늘의 사연

✒ *001*

오늘의 나는,

무수한 흔들림과 타인의 오해와
숱한 무너짐과 반복된 상처의 결과다.

비극적 해피엔딩

✐ *008*

멀리서 보면 희극 같았던 일들이
가까이하면 비극이 되곤 했다.

하지만 비극 안에서도
날마다 새롭게 아프지만,
날마다 새롭게 살아내더라.

위로의 마음

✐ *009*

슬픔의 모양은 제각각 다르지만
위로의 모양은 모두 같다.

위로의 마음처럼.

슬픔마침표

짠하지. 어떤 날은 짠한 마음마저.

그런 날은,

사람에 기대어 울어도 되고,
나무에 기대어 쉬어도 되고,
바람에 기대어 걸어도 된다.

우아한 위로이고 싶다

✒ *011*

위로 안에는 많은 것이 있다.
관심, 온기, 대화, 사랑과 사람.

나는 위로가 서툰 사람이지만
그럼에도 위로에 진심이고 싶다.
아름다운 마음을 나누는 이가 되고 싶다.

그것이 삶의 변명일지라도

✎ 012

어떤 날은
행복할 이유보다,
불행할 이유와 멀어지는 것이
삶의 이유가 되기도 했다.

살아야 한다. 견뎌야 한다.
그렇게라도 삶의 이유에 기대어
살아내야 한다.

빈센트 반 고흐 ｜ 〈Wheat Field with Cypresses〉, 1889

흔한 위로이겠으나

나의 세계
너의 세계

그 무엇 하나
소중하지 않은 것은 없었다.

그래,
가끔은 흔들리고
때로는 휘둘리며

또 그렇게 온 세상이
무너질지도 모르겠다.

하지만 그럼에도
나를 잃지는 말자.
나를 놓지는 말자.

응원 편지

흔들리지 않는 마음이란

흔들리지 않는 것이 아니라

흔들리더라도 부러지지 않는 것

스스로 행복하려면

015

매일 나와 화해하고,

타인을 쉬이 평하지 않으며,

내 비겁함과 타인의 무례를 용서하고,

비난과 비판을 걸러 대처하는 습관을 키울 것

위로였던 것이 상처가 되는 이유

바다는 고요하게 위로를 전하기도 하지만,
때로는 난폭하게 전부를 앗아가기도 한다.

사랑하는 이의 뒷모습

✎ 017

나는

누군가를 사랑할수록
그 사람의 뒷모습을 보며
그 사람의 마음을 짐작한다.

언젠가 어깨선이 축 처진 그를 보며 "오늘 당신의 뒷모습은 슬프군요"라며 혼잣말을 하곤 메모장에 적어둔 말이 있다.

"매일 사랑하는 사람의 뒷모습을 보자."

　아마도 사랑이란 건 그런 건지도 모르겠다. 누군가의 뒷모습에서 전할 수 없는 마음을 읽어보는 것. 나이가 계절만큼 깊어질수록 해야 할 일들을 다시 정리하며 생각했다. 나의 마음과 나의 일과 나의 계절과 나의 사람을 사랑하는 일을 미루지 말자. 말없이 조용히 품어주자. 매번 따스한 사람일 수는 없어도 나름의 방식으로 다정하자.

거짓말 속에서 자란 진심

📝 *018*

진심이었다.
최선이었다.

어쩌면 그것은 거짓말.

하지만 어떤 날은
거짓말 속에서 자란 마음이
진심이 되기도 한다.

오늘도 닿을 수 없는 마음이 있다.
아무리 찾아도 찾을 수 없는 마음의 조각들.
채워지지 않는 마음의 빈칸을 들여다본다.
그리고 찾을 수 없는 조각들 대신
거짓말을 지어낸다.

'진심이었어.'
'최선이었어.'

그리고 타협을 시작한다.
그런 타협이 쌓여가면
분명 삶 속 독이 됨을 알지만
어쩔 수 없는 날이 있다.

어느 날은,
어느 날은,
거짓말 속에서 자란 마음이
진심이 되기도 한다.

특별하다는 것은

019

아마도
특별한 삶이란

흔한 하루를
더 존중하고 잘 살아낸다는 의미.

흔한 마음을
더 사랑하고 아끼면서 보낸다는 의미.

365일 밤, 365일의 고백

020

지난 계절과 지금의 계절이 크게 다르지 않다.
굳이 달라진 것이 있다면…

365일을 더 견뎌냈다는 것 정도.

난 아직 곤궁하지만
위로의 가치와 삶의 고백을 배웠고,
난 역시 미약하지만
단단한 용기와 고독의 지혜를 배웠다.

삶의 목표가 있다면,
바로잡고, 들여다보며,
견디어 내고, 꿰뚫어 보며,
만들어 가고 싶다.

나만의, 나다운 방식으로.
느리지만 나답게.

"가끔은 외롭겠지만
자주자주 행복하기를"

글을 마무리하는 시점에 달이 바뀌었습니다.
이제는 습관처럼 새로운 날들을 바라보며,
응원의 마음을 글로 담습니다.

마음에도 모양을 담을 수 있다면, 이왕이면
용기와 희망과, 이해와 믿음과,
행복의 모양이었으면 좋겠습니다.

삶과 사람, 틀림과 다름 사이에서 늘 외롭고 아프겠지만
생각보다 자주 행복을 발견하게 되었으면 좋겠습니다.

반드시 피어나지 못한 오늘이어도,

반드시 나아지지 못한 시간이어도,
반드시 좋아지지 못한 날들이어도,
반드시 잘 되지 못한 매일이어도
포기하지 않는 당신이었으면 좋겠습니다.

좌절 앞에서도, 절망 앞에서도,
행복할 이유는 너무도 많습니다.
행복하지 못할 이유는 단 하나도 없습니다.

설령 행복할 이유를 찾지 못한대도,
행복해야 할 이유는 단 하나,
당신이기 때문입니다.

서은글을 만나
문장이 위로가 되었던 순간들

힘들 때마다 찾아 읽게 되는 사전 같은 책. 어느 날은 문장이 공감이 돼서 울었고, 또 다른 날은 문장 한 줄에 속이 뻥 뚫리듯 시원했습니다.　이길숙

어떤 계절은 유독 위로가 필요하기도 합니다. 혼자가 아니라는 느낌만으로도 큰 위로가 되는 서은 작가님의 문장들.　yesmadam00

'나를 알아주는 누군가가 있구나' 싶은 위로의 글들. 지치고 힘든 삶이 지속될 때 작가님의 글들 덕분에 따뜻하게 힘을 낼 수 있었습니다.　최서인

　서은 작가님의 글은 제게 '쉼터'입니다. 지난 계절 이유 모를 이별의 아픔과 힘든 취준 생활을 겪으면서 저 스스로 상상도 못할 아픈 질문을 던질 때마다 제게 내밀어 준 문장의 손길이 그 어떤 동아줄보다 귀하고 단단한 지푸라기였습니다. 그렇게 살아내 지금은 직장생활을 잘 해내게 됐지만 지난 절박한 순간을 떠올리며 작가님께 감사를 전합니다.　　　　　　　esovex

　"위로"라 함은 '편안함'과 '안도'와 '안심'을 할 수 있는, 어떤 말이나 표현으로 형용할 수 없는 벅찬 마음을 느끼게 하는 아주 "소중한 존재"라고 생각해요. 따뜻하게 다가와 주는 글자들이 참 고마운 시절을 보내는 중인데요. 서은 작가님 글에서 느껴지는 "따스함"은 누구에게도, 어디서도 느낄 수 없는 "위로"입니다. '회한'과 '후회'들로 가득한 제 삶에서 정말로 따스한 "위로"를 느낄 수 있게 해주셔서 감사합니다.　　박상옥 끝이라고 느꼈을 때, 제 삶에 절망만 남았다고 생각했을 때 만난 서은 작가님의 문장은 제 삶에 오아시스와 같은 문장이 되었습니다. 다시 끝을 알 수 없는 깊은 곳으로 빠진다 해도 "얼른 나와~~힘내"라며 길잡이가 되어줄 것 같은 등대 같은 문장들이 있어 다행입니다. c_lovel0822

어느 날 갑자기 찾아온 이별의 아픔 속에서 숨쉬기조차 힘들었을 때, 작가님의 글과 인스타 라이브 방송이 제게 따뜻한 위로를 경험하게 해 주었습니다. 작가님의 글을 읽으면서 바닥으로 치달았던 저의 자존감이 조금씩 회복되기 시작했습니다. 작가님의 선한 영향력이 많은 사람에게 숨을 쉴 수 있는 숨 쉴 구멍이 될 수 있기를 희망합니다. mind_breathe_

진정으로 행복하길 바라는 사람한테 사랑을 담아 선물하고 싶은 그런 책. park_ju_hy

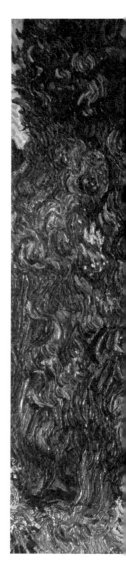

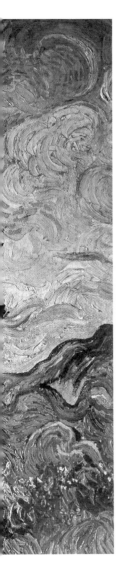

　우울함과 슬럼프에 빠져 수많은 계절을 그냥 지나보내야 했던 날들이 아쉬움으로 가득한 요즘입니다. 요즘 같은 날들에 서은 작가님의 글이 함께하여 저의 계절이 다채로워지고 있네요. 슬프고 우울한 날에도 작가님의 글을 보며 살며시 웃어봅니다.　　　　　　　　　　choi_seung_je2

　작년 저에게는… 있을 수 없는 일이 생겼고, 그 일을 겪은 후 여름 내내 밥도 못 먹고 누워서 지낼 수밖에 없었습니다. 그때 우연히 만나게 된 책이 서은 작가님의 《계절의 위로》였습니다. 문장을 한 줄 한 줄 읽으면서 눈물을 뚝뚝 흘렸고, 그 눈물이 신기하게도 상처를 아물게 했습니다. 그렇게 다시 잠도 잘 수 있었고, 일상으로 돌아올 수 있었습니다. 사람마다 각자 처한 상황과 마주한 사람들이 다르겠지만, 상처 입은 마음을 어루만져 주는 문장들이 있었기에 치유의 과정을 겪어냈다고 생각됩니다. 작가님, 감사합니다.　　　　　　　　　　hotlionheart

◈ Thanks to

오영정 이길숙 정호 푸른 박주형 이경승 박남이 서상우 김복영 김소미 황수빈 채주 이상윤 최성원 이치노 조현주 안금주 백선우 배희진 권은경 이희정 이재윤 김샛별 제이드 김수연 오정희 김창후 이아영 임혜란 최서은 장경화 송정화 이유정 박정아 이효숙 김서영 안서윤 노진선 박진희 박서은 이신진 김현주 박윤영 고희정 김동겸 이경희 김민서 조은경 이진현 최선아 조현홍 추선미 김윤희 김은정 이희정 정민수 강은미 배현지 최춘경 안보현 김성희 정선해 문명옥 박슬기 남윤하 박동열 이다솔 한지민 김정희 허인옥 김빛나 장규종 문종환 김민정 정보은 이준수 최은혜 정영현 최숙희 이지안 염정민 박소연 이송연 김세진 손희은 유하영 박진영 최재현 임서은 진미연 안은정 김묘정 김상훈 권순환 이주빈 이상은 김고운 백설아 정서희 홍서은 이지현 윤지원 김지나 김예준 양민지 천성은 김선희 김현정 최효진 정선주 문성미 허재원 주미리 최정임 김정현 최혜정 차영숙 김주연 신보나 권민지 배루나 배윤한 송현수 고은아 권선영 김근현 민혜영 김민우 김채연 박영선 유주희 최서인 최경이 노희정 백은영 이은우 이지연 우지빈 성오현 이춘옥 김지해 김령훈 박상옥 앨리스 노태연 김보현 범선우 장진욱 최지안 임정현 김유경 박영철 김가빈 황나경 최영재 정동하 변선영 강민정 최정민 장희진 허남경 최하영 오지영 고연화 이준형 선명화 윤미연 서은 나연 금봉 시은 혜진 비타 은쥬 원지 승원 은정 원영 민화 문유화 이의정 김부경 김리나 이학노 김민주 김온유 오소유 임진경 김희영 김유나 송은솔 유세희 최승제 박윤미 김아윤 김은아 정미숙 이가은 류란희 이유아 김슬안 정창원 김경진 유진희 정연아 정연안 도은서 이승희 이현정 김오연 박지영 서성민 양록주 장은준 이은옥 이아란 박진홍 박정애 이은희 신윤아 현미진 김지영 전우환 한지연 김현화 서혜숙 김진경 이미경 박은경 최자은 남지연 서민지 이현주 조덕미 전문수 안귀영 지해 성진 수지 혜림 이경애 한희숙 이영하 박해리 안윤호 안다율 안라율 한숙자

쓰는 이유가 되는 이름들!
모든 이름을 다 담을 수 없어 죄송하고,
늘 읽어 주셔서 고맙습니다.

문장의 위로
오늘을 숨 쉬게 하는 인생 문장부호

1판 1쇄 발행 2023년 9월 4일
1판 5쇄 발행 2024년 6월 15일

지은이 서은
펴낸이 안종남

펴낸 곳 지식인하우스
출판등록 2011년 3월 31일 제 2011-000058호
전화 02-6082-1070
팩스 070-7966-0156
전자우편 jsinbook@naver.com
블로그 blog.naver.com/jsinbook
페이스북 facebook.com/jsinbook
인스타그램 @jsinbook_official

ISBN 979-11-90807-27-2 03810

나를 죽이지 못하는 고통은
나를 더 강하게 만든다.

니체